坐看一彎采采流水

陳幸蕙◎主編

二版序｜陳幸蕙

玩樂不斷電，悅讀不斷電！

那日，在臺北高鐵站，等候南下列車，一位貌似韓劇偶像明星孔劉的潮男，從身旁掠過。

修長身影遠去之際，我發現他墨黑T恤背面，印有雪白兩個大字——突破。微笑起來的同時，我一方面好奇，這把「突破」字樣穿在身上的帥哥，平日如何自我突破？另方面也不免自問，人生中一路走來，我，又是如何追求突破？

在跌跌撞撞、踉蹌摸索了很長一段生命歲月後，如今，來到較往昔略成熟的年齡，若問我有關「突破」的課題，那麼我的回答便是——

人生如欲突破，或是否能突破？沒有祕笈寶典，不必大張旗鼓，更無須劍拔弩張、驚天動地，卻很平實、簡單地和你是否決心運動？決心閱讀？密切相關。

換言之，透過持續運動與閱讀，藉由這穩紮穩打的日常練功，我們的身體與心靈、我們的外在與內在、形而下與形而上，都將得到絕佳的營養、成長與照顧。

是的，在愛之外，在對這世界充滿善意之外，我們是否運動？是否閱讀？將決定我們是否擁有優質的人生？也將決定，在面對艱難挑戰或人生關鍵時刻，我們是否有足夠強壯的身心，足夠優質、巨大的能量，去穿越考驗，開啟人生新局？

所以若問，人生如何突破？

我的建議很簡單便是——

經常放置一本，或幾本，真正有意義、值得悅讀的書，在背包、床頭、書桌上、馬桶邊。

像愛吃魚的快樂貓咪一樣，當個愛看書的快樂傢伙。

經常在這些地方，更換新書，透過悅讀，跨時空去結識精采的人類，收穫美好的感動、啟發、智慧，去滋養、豐富我們的人生！

然後，就像某些超級玩家所宣稱的——玩樂不斷電！

讓我們在時光中也不斷電地悅讀，不斷電地運動，不斷電地持續內外練功，那便是我們投資自己、壯大自己、突破昨日之我的基本之道。

若營養學家常諄諄提醒：you are what you eat.

那麼，延伸此意，我們實亦可說：

you are what you read.

you are what you exercise.

閱讀與運動，造成了不一樣的人生。

這便是突破！

所以，那日，啊，當那名型男消失在人群中時，我實由衷感謝他藉背影說法，讓我思索人生中的正向作為——例如閱讀、運動——和「突破」這事的連結。

然後，我也終於理解，身為一名作家，在寫作外，為何我也常興致盎然為新新人類，把曾令我心動、值得悅讀的作品編成選集的緣故了。

若好東西要與好朋友分享，那麼，這彷如採花成蜜的編書舉動，說穿了，其實，就是出自一份分享的心意啊！

而在辛苦尋訪蜜源、採集花粉、終如釀蜜般，纂集佳篇成書後，如能對成長中的青少年，提供美好的精神營養，令他們因此湧生閱讀興趣，玩樂不斷電，悅讀不斷電！那麼，我便真是一隻無比榮幸的幸福工蜂了。

感謝幼獅文化公司，將我二十五年前，如釀蜜般為青少年所編選集《坐看一彎采采流水》新版問世。

這二十五年之間、之前，乃至可預見的之後，幼獅文化公司都一直秉持高度熱情與使命感，為新新人類出版優良圖書，這其實也是一種不斷電——關懷不斷電！

那麼，就在幼獅文化公司以不斷電精神，持續鼓勵新世代悅讀之際，呵，且讓我在此也由衷祝福他們——身心平衡發展，動靜得宜，玩樂不斷電，悅讀不斷電！

初版序—陳幸蕙

三隻貓與一本散文選

由於愛貓，今年四月，在朋友心岱穿針引線之下，我從獸醫杜白那兒領養了一隻棄貓。

不久後，讀國中的女兒又從校門口撿回一隻小流浪貓——「因為它很可憐！」女兒說——希望我收養它。

緊接著，朋友的一隻虎斑波斯正覓新飼主，因為知道我喜歡虎斑貓而把這還未斷奶的小傢伙送給了我。於是，就在一個短短的春天裡，我忽然擁有了三隻貓。

我和家人分別為它們取名「真好」、「芝麻」、「球球」。由於年齡相近，三隻貓很快就廝混在一起、玩在一起，也追趕跑跳碰在一起了。在許多時候，它們固然是很酷的「趣味製造族」，但在更多時候，卻是名副其實的「搗蛋族」，甚至「闖禍族」呢！

曾經，帶貓咪去杜醫師那兒打預防針時，我請教他什麼樣的食物對貓而言是最好的？

杜醫師思索片刻之後又笑說——所謂最好的食物，便是「給它好吃的，但不要忘了把營養放進去！」

我謹記這樣的叮囑，一直給貓咪這樣的食品，幾個月下來，它們都活潑健康地長大了，皮毛潤澤光滑，眼神奕奕閃亮，身手更見敏捷靈活，當然搗蛋的花樣也更多了。

每一次，我打開那專門貯放貓食的大盒子，取出食物餵貓咪時，杜醫師的話便不斷縈繞在耳際：

「給它們好吃的，但不要忘了把營養放進去！」

◎

「給他們好吃的，

但不要忘了把營養放進去！」

——對貓咪如此，對人，又何嘗不然？

——對物質糧食而言應當如此，就精神糧食來說，尤其成長期中青少年的精神糧食而言，是否尤應予以比照呢？

記得十年前，我曾參與九歌出版社《年度散文選》編務，主編過三本《年度散文選》，當時挑選作品唯一的考量標準便是「文學性」——從題材與技巧兩個角度切入，看作品是否具備足夠的文學性？是否合乎「事出於沉思，義歸乎翰藻」的原則？

但幼獅文化的這本年度散文選，讀者對象既是一般青少年，而正處於人生中唯一一度加速成長期的青少年，其所需成長養分既不同於人生其他時期；且在目前，聲光閱讀、圖畫閱讀，以及各式新奇有趣的休閒誘惑，都已使青少年不耐於往昔的文字閱讀或文學閱讀時，我受邀擔負這本選集的編務，便不得不格外想起杜醫師的那番「營養學」了。

換言之，除了考量一個好作品的基本質素——文學性外，在選文之際，我也不免特別就作品本身的啟發性、勵志性、題材的適切性、文字的晦澀度，甚至作品的長度等因素，加以斟酌。

而在這些客觀的篩選依據外，另外，我也經常嘗試著站在一個母親的立場設想：「這篇文章適不適合女兒看？我會特別剪下來要她閱讀嗎？」……。

是這樣的一個選文標準與心情，圖書館與書房內埋首工作，幾個月下來，我終於完成了這本選集的作業。

那便是你所看見的這二十二篇文章，和其後所附的編者注。

◎

若就內容性質來看，這二十二篇散文，包括了抒情、詠物、敘事、寫景、勵志、懷人、環保等幾個大項。

就作者言，則刻意區隔為成人與青少年作者兩類，分見輯一與輯二。

收入輯二的青少年作品，或為文學獎得獎之作，或為文藝營中傑出佳構，被推薦至副刊發表者。我特別將之規畫成類似「青少年文學徒步區」的園地，正是為提供青少年讀者觀摩之用，希望他們能看看同屬青春族群的其他人在想什麼？寫什麼？以及怎麼想？怎麼寫？

至於每篇文章後所附的編者注，則是簡要的賞析或導讀，供讀者參考之用。——這樣的選集面目，和幼獅文化以往的散文選集略有不同，我希望經由如此的編輯設計與安排，可以引發青少年較大的閱讀興趣和認同。

◎

四年前，我告別了九歌版《年度散文選》與爾雅版《年度文學批評選》編務後，四年的時間裡，也曾有過一些編書的邀約，但我都以瑣事纏身、生活忙碌而予以婉拒了。

然而四年後，促使我「重作馮婦」的原因，則是由於撰寫《青少年的四個大夢》，在蒐集資料與個案的過程中，使我對這個族群產生一種親切、疼惜之感，因此很願意接受「徵召」，為他們服務，盡一點心力。

我確實非常高興能在作品之外，還可以這樣的方式，和青少年朋友們在紙上深情相遇！

啊！給他們好吃的，然後把營養——文學的營養、人生的營養——都放進去！

我但願這本選集做到了這一點。

——一九九三年八月于臺北新店

目錄

輯二

輯一

生命的幸福每每如此，
需要及時及地，
一旦錯失就有如流逝的雲彩，
難以追回了。

洋蔥五帖

也許你是對的，下次出外遠行，不用再帶攝影機，
只帶眼睛就可以了。

／西西

作者簡介

原名張彥，廣東中山人，一九三八年生於上海。香港葛量洪學院畢業，曾任教職，現專事文學創作與研究，著作包括長篇小說《美麗大廈》，短篇小說《像我這樣的一個女子》、《鬍子有臉》、《手卷》、《母魚》，小品散文《像我這樣的一個讀者》、《花木欄》、《剪貼冊》、《耳目書》等，並主編八〇年代大陸小說多卷，均由洪範書店印行。

洋蔥

二十世紀，最出鋒頭的蔬果是什麼呢？早半個世紀，大概要數蘋果了。蘋果是因為塞尚而成名的，他畫得多，更重要的，他的蘋果不自覺地打破了傳統的焦點透視。然後就到瑪格列特，他畫了一個蘋果，卻在上面寫了一行字：這不是蘋果。大家對那蘋果於是觀看呀、觸撫呀、研究呀、探討呀，直到福柯，還寫了一篇〈這不是菸斗〉。如果世界上有個諾貝爾蔬果獎，蘋果一定得獎了。

過了半個世紀，又是什麼蔬果成為明星了呢？不用說，當然是洋蔥。洋蔥有何特別？原來它和蘋果不一樣。我們吃蘋果，削去皮，吃去果肉，剩下一個有核的心；而洋蔥呢？切開來，一層一層剝開，竟然沒有中心。這就是解構主義所說的「去中心」了。羅朗•巴特呀、德希達呀，都告訴我們這一點。所以，如今的小說不再是蘋果式的，而是洋蔥式的，沒有一個中心，一切都是過程。你讀小說，不再隨著主角冒險，而是自己去本文中冒險。對於大多數可愛的讀者來說，如今的小說的確沒有了蘋果的甜味，還被洋蔥刺激得滿臉淚水。

洋蔥如今這麼出鋒頭，倒是畫家瑪諦斯有先見之明，他一早就對洋蔥別具慧眼，一九〇六年已畫了一幅〈粉紅色的洋蔥〉。下一個世紀將有什麼蔬果揚名亮相？我猜是青椒，它既充滿綠色力量，中心又和蘋果與洋蔥都不一樣。

動物

倫敦動物園因經費不足，要關門了，結果得到科威特國王的捐款，又可以維持下去。最早設立動物園的，大概是埃及的法老王，卡納克神廟內就有一個異獸奇花的動植物園子，法老們好大喜功，征服鄰邦，除了獲得不少珍寶兵器俘虜，還把埃及從未見過的東西帶回國，以示炫耀。因此，動物園中就養著老虎和孔雀等動物。

倫敦動物園在一八二八年創立，其實也是帝王的財富與權力的象徵，把動物圍起來看，是殖民地權勢的展示。不過，如今的動物園，主要是讓人們可以觀看動物的模樣和生態。模樣呢？有時候從紀錄片中看得似乎更清楚，因為有特寫；生態則不知從何看起，困在那麼狹窄的空間，動物大多沒精打采睡懶覺。舊式動物園的式微，是好事。

認識、了解動物是應該的，問題是怎樣去認識和了解，及建立怎樣的動物園。野生動物園是一種改良，猩猩就得有樹林給牠散步；河馬就得有河給牠浸浴；企鵝就得有冰天雪地和海濤給牠跳躍潛泳。先進的企鵝館不但有空調，每隔二十四小時天花板就會斷斷續續飄下六千磅的細柔雪花，鹽水池的溫度永遠比泳池低三十度，還得模仿南極的日光，夏季轉暗，冬天則晝夜明亮。動物園是好的，野生動物園還能保護瀕臨絕種的動物，就看是怎樣的動物園了。

功能

建築符號者最喜歡提起一件趣聞，就是抽水馬桶的教訓，義大利的「南方發展基金會」為農村居民建造了一批住宅，這批住宅不錯，現代設備式式齊全，有浴室和廁所。結果呢？農民搬進去住了，抽水馬桶被用作洗葡萄的水缸。農民在桶內吊著一個網，放水沖洗葡萄，直到洗乾淨為止。至於希臘北部，也發生類似的情形，抽水馬桶被用作火爐來燒木頭，要熄火才容易，放水一沖就行。

艾可在他的《功能與符號——建築的符號學》裡指出，一件物品的形式除了能夠使它的功能成為可能之外，還必須十分清楚地指示這種功能，使功能得以預期地實現。必須能很清楚地指導別人怎樣做才能完成這些功能。

早些年去旅行，就有團友問：洗手間裡的第四件浴具是怎麼用的？是什麼東西？現代建築有一句名言：形式追隨功能。抽水馬桶以及浴室中的第四件浴具——清潔下身的小浴盆——所以被誤用了，是因為它們和人們熟知的代碼不同。艾可說，形式只有在一種已建立起來的習慣和意願的基礎上才能代表某種功能，也就是說要建立在代碼的基礎上面。如果一位建築師不顧任何建築代碼造了一座新房子給人去住，除非住的人知道房子與他已知的代碼相符，否則，就得有「使用說明」和居住「指南」。

攝影

把沖晒回來寥寥可數的幾幀照片排列在桌面，彷彿一幅散失了若干碎片的拼圖遊戲。於是聽見你說：怎麼拍得這麼少，又怎麼拍的全是一頭金毛茸茸的動物。嗯，我肯定又把我的照相機給忘記了。

話該怎麼說才能讓你明白呢？我能拍攝的景物，並非我想拍攝的景物；我想拍攝的景物，卻沒有能力攝回來。

關於那頭金毛茸茸的動物，是這樣的：遇見牠時，彼此都在動物園裡，牠在草地上奔跑，稍後攀上樹梢，噬咬竹節的枝椏，然後頭朝地面，倒豎蓬鬆的大尾巴，順勢從樹上滑下來。我忽然記起我帶著一個照相機，我想拍攝的正是這動物下樹時倒栽蔥的奇異姿態，我匆匆解開背袋的小扣，卸去攝影機的外衣，移對光圈、調整焦距、旋捲底片，忙亂了一陣，動物早已下地在草叢間漫步。我曾期待牠再度攀樹；等待甚久，但牠堅持拒絕再作任何類此的演出。

單憑桌面這幾幅凝定了的形象，你只能看見動物環節多采的尾巴，尾巴的末端和勁健的四蹄都墨墨黑，外翻的耳朵和嘴唇則雪雪白，嘴巴的旁側橫列幾根貓鬍子。你並不能目擊牠真正的美麗。

我並非沒有看見風景，應該這樣說吧，我想拍攝的，不是這層層疊疊的江峽峰巒，只是洪水氾濫的濤聲，只是，這個站在船舷不聲不響的人此刻的思想；我想拍攝的，不是粉飾了的詩人的草堂，只是圍牆外面，那個寫著「練習射靶」的小攤子，我想拍攝的那一行一行的笨拙木偶，那枚紅櫻小針破空的聲音。

不是這些林蔭深處桂花的香味、廣場上的銅像、古城樓建築群的橫匾和對聯。我想拍攝的只是路旁拍著手唱著歌的小孩，只是輪渡上清晨隨風飄來的一聲早安。還有，雨及火車站。

我沒有向你提起過吧，是的，火車停站的時候，我們遇上濃密的驟雨，我的傘在行李袋裡，行李袋在運輸車上。站在我身旁那位長著鬍髭但非常年輕的旅人說：讓我們把草帽借給你，戴上草帽再說吧。我想拍攝的，不是寬敞的火車站，只是那雙把草帽遞過來的手。

也許你是對的，下次出外遠行，不用再帶攝影機，只帶眼睛就可以了。

扇子

我選了一把素白的摺扇，請年輕的書法家為我題一首詩。剛才，他在大家的面前即席揮毫，書寫了一首李白的〈朝發白帝城〉。

我對年輕的書法家說：可以請你題一首杜甫的〈春望〉嗎？他問：是不是「國破山河在」？我答：是。滿心歡喜。於是他提起筆來，龍飛鳳舞，草了五律的前四句，跨了八行寫，占了大半把扇面；我暗暗吃驚，還有四句詩，該寫在哪裡？

年輕的書法家忽然停下筆，說：以下的詩句我記不得了，我對老杜的詩不熟。於是我把接下去的四行詩念給他聽，我一面念，他一面寫，因為扇面只剩下了一小半，他只好把四句詩擠在一起。

扇面題好了詩，我默默地把扇子接過來，因為在扇上寫的是：「風」火連三月，家書「低」萬金。至於最末一句「渾欲不勝簪」的「簪」字，他一下筆就潦了一個草花頭，然後停下筆思想，我細聲說：是竹花頭，他濃墨一蘸，改了。

我接過扇子，謝過了年輕的書法家，默默地離開了長江。我能說些什麼呢？扇上題的字都已經是繁體字，而年輕的書法家，今年是二十一歲……。

——原載八十一年十月、十二月，八十二年元月《聯合文學》

編者注

西西的〈洋蔥五帖〉，是一種隨筆式的小品，文字精緻，收放自如，每一帖都自成一個情感小宇宙，或思想小宇宙。

這種隨筆式的小品，由於篇幅簡短，因此，信筆揮灑的格局中，寫作者所抒發的，往往是生活的瞬間感懷、片段靈思與剎那體悟，而讀者乘著文字的輕舟，順流而下，也往往分享了作者生命的吉光片羽。

這種掌上小品，在目前已成為普受歡迎的文類，是因為現代人生活步調與節奏加快，已缺少細品長篇巨幅的閒情餘裕，於是，彷彿「散文極短篇」的袖珍小品，在立讀可畢、不致構成壓力的情況下，乃成為滿足現代人閱讀需要的一種文類。

居住於香港的西西女士，除了精於小說、散文創作外，也是擅寫這類小品的佼佼者。她的小品曾結集成《剪貼冊》一書，膾炙人口，深獲好評。此處所選五則短章，筆調或親切輕鬆，或委婉含蓄，都無不「行於所當行，止於所不可不止」，起承轉合，恰到好處。〈扇子〉一帖，則更兼寓文化的感慨在其中，如此的舉重若輕，實在是為隨筆小品的寫作，提供了一個很好的示範。

開鋪子

／張曼娟

我很想開個鋪子，專賣瓶子和各國硬幣。
我賣的硬幣，不能用錢來買，但可用一則回憶來交換。

作者簡介
一九六一年生，河北人。東吳大學中文研究所博士。曾獲全國學生文藝獎小說首獎、教育部文藝創作小說首獎、中華文學獎散文首獎、中興文藝獎章等。著有散文集《緣起不滅》、《人間煙火》，小說集《海水正藍》、《笑拈梅花》等。

其實，最初的時候，教師或創作者，並不是我的志向。我的志向微小平凡，是那種寫在童年的作文中，得不到高分和鼓勵的。然而，到了成年，卻仍躍躍欲試，想起來便忍不住要微笑。我一直都想，開一個小小的鋪子。

精靈遊戲場

如果，你看見叫做「精靈遊戲場」的鋪子，會以為是電動玩具？任天堂？還是柏青哥？都不是的，那些太缺乏想像與創意了。

我要賣的是玻璃瓶子。

小時候一次課外教學，在工廠裡看工人吹玻璃成形，鼓起的腮幫，淋漓的汗水，被火光映紅的臉孔，一只纖巧剔透的瓶子，就是這樣生成的。我看著，便著了迷。即使是一些粗糙的玻璃瓶罐，也強烈吸引我。與童伴積攢了一點零錢，站在雜貨店陰暗的屋簷下，等著臃腫的老闆娘，走到一排胖胖的零食瓶前，問：

「要什麼？」

「鳳梨乾，」我的友伴說。

「我要芒果乾，」我的細細的聲音說。

嘭。老闆娘打開盛裝零食的玻璃瓶，我仰頭，深深吸氣，鳳梨的芳香從密閉的瓶中釋放出來，像許多精靈嬉遊，老闆娘伸手去抓撈鳳梨乾，趕出更多精靈，它們翻滾飛翔跳躍。有陽光的日子，那些厚重的玻璃瓶，呈現出湖水一般的澄碧光澤，大大小小的氣泡如同水泡，在光亮裡飄浮。陰雨的日子，玻璃瓶變成暗沉的灰藍，是一泓寢睡的水潭，零食靜靜落在潭底。鋁箔和紙盒包裝之前，牛奶也是玻璃瓶裝，白色的鮮奶，黃色的水果牛奶、咖啡色的巧克力牛奶，圓圓的牛奶瓶，適於掌握，敞開的瓶口，我們喜歡直接湊在瓶上喝，把吸管扔在一邊，玻璃瓶口輕輕敲在牙齒上。上課時工友沿著教室收回空瓶，用一個手推車，叮叮噹噹，瓶子互相撞擊，像一曲輕快的敲打樂，在走廊上，從這頭響到那頭。

瓶子裡養魚、種花、造景，都好看，但我只賣空瓶子。瘦長、矮胖、細緻、粗拙，大的、小的，而且是無色的。我知道有顏色的玻璃也很瑰麗，但我猜想，精靈更願意憩息在透明的瓶子裡。氣味的、聲音的、思想的、回憶的精靈，可以在放倒的瓶上溜滑梯；可以在懸成風鈴的小瓶子上盪鞦韆；可以搬進一只肥胖的零食瓶裡過日子，要不了多久又換一個，因為它們不喜歡酸梅的氣味，比較喜歡花生酥。瓶子會不會有記憶呢？思念它曾經包容過的東西，於是低聲唱一首歌，精靈難得地安靜下來，痴痴傾聽，我也傾聽。

賣玻璃瓶子的鋪子，看似靜寂，實則是一個歡樂的遊戲場。

貝的後裔

雖然對錢財的概念不清晰，但我一向喜歡硬幣。自從知道人類祖先曾以貝殼交易，便認為硬幣是仿照貝殼的形狀鑄造的。銀白色是浪花的閃爍，金黃色是陽光的痕迹。

錢幣是貝殼的後裔。

古時候人們把錢串在一塊兒，嘩啦啦繁華的聲響。我有一個祈禱少女的撲滿，裡面存著不少零錢，是瓷做的，沒事便搖晃幾下，歡欣的聲音。原本等著存滿了便摔破，然而終於沉甸甸時，卻摔不下手，誰忍心敲碎那寧靜安詳的少女？那時一塊錢可以買不少好吃好玩的東西，所以鎳幣鑄得大而厚，一面是字，一面是花，當人們猶豫不決，一塊錢還可以占卜呢。

「猜猜看，字還是花？」

童年時我得到第一條項鍊墜子，就是硬幣做的，英女王頭像的港幣，保留住頭像與錢幣邊緣，在當時是很時髦的。去香港時，朋友從我的零錢包裡撿出幾枚女王頭錢幣，說是要停止生產了，以後大概看不到了。走到烈陽灩灩的海岸，我低頭看著，忽然發現女王像並不像我曾經以為的那樣美麗，而曾經以炫耀之心戴著項鍊的我的昨日，也一去不返了。香港的錢幣還有波浪邊緣的，據說為了盲人辨識方便，我閉上眼睛，用手指感覺，每一稜都體貼溫柔。

有一個夏天與學藝術的朋友，在紐約相見，去林肯中心聆賞音樂，去百老匯觀看精采的舞臺劇，去蘇荷區喝露天咖啡，天天搭乘地下鐵，換了好些個地鐵專用硬幣。告別時，我把剩下的最後一枚交給朋友，朋友想了想又還給我。

「你留著做個紀念吧。」

回到臺北，搭公車或打電話，匆促之間，掏出那枚地鐵硬幣。剎那間，四周喧譁的聲音都平息，我彷佛又在飄起細雨的紐約街頭漫步；佇足在地鐵車站聽黑人撼動心靈的歌聲，回憶揮動翅膀，給我一段小小的飛翔。

我的鋪子賣的是各國各式硬幣。既是賣錢幣，當然不能用錢買，那麼，就用一則回憶來交換吧。《似曾相識》的男主角因為一枚錢幣回到現實，失去與女主角纏綿廝守的機會。《第六感生死戀》的男主角因為一枚錢幣，讓女主角相信靈魂仍在，真愛不死。一枚錢幣看似庸俗，卻能貫穿生死，聯繫陰陽。

如果，你也有動人的故事，請帶著，到我鋪子來挑選錢幣吧。

我是說，如果，我真的開鋪子的話。歡迎光臨。

——原載八十二年三月《講義雜誌》

編者注

金幣與銀角子嘩啦啦繁華地響著。

水晶般的透明玻璃瓶清光閃閃。

鳳梨乾、花生酥、鹹酸梅的氣味裊娜飄浮……。

——張曼娟的〈開鋪子〉一文，熱鬧地充滿了聲音、色彩與氣味。它不僅訴諸我們的嗅覺、聽覺、視覺，乃至觸覺，同時，也訴諸我們的回憶與想像。

雖然這篇文章由兩則內容各異、看似無關的小品組成，但作者以「開鋪子」的共同主題，巧妙地串連二者，於是前後各自獨立的短文，遂因此建立起內在有機的聯繫，成為相互呼應的文字單元。

當然，除了文章結構上的這個特色外，〈開鋪子〉一文的內容也堪稱豐富雋永。短短兩千餘字所鋪敘的，既有童年的夢想、溫暖的現實、淳樸的友誼，也飽含回憶的光澤。尤其「貝的後裔」一節，作者把一件「銅臭」的事物，寫得如此純淨芬芳，令人印象深刻。因此，不論從那個角度來看，這都是一篇兼具童話色彩、詩意想像，與溫馨人情的散文。

幸福的味道二帖

／小野

草蓆上的茶葉香，漆滿油漆屋子裡的鳳梨香，
原來都是幸福的味道。

作者簡介

一九五一年生於臺北，原籍福建武平。臺灣師範大學生物系畢業，曾任教陽明醫學院，並赴美國紐約州立大學水牛城分校就讀分子生物研究所。曾任中影製片企畫部副理，並曾獲聯合報小說首獎。著有小說集《蛹之生》、《試管蜘蛛》、《封殺》、《黑皮與白牙》、《我曾經那樣倉皇失措的想著你》，電影論述《一個運動的開始》、《白鴿物語》等，編有《成功嶺上》、《高粱地裡大麥熟》、《我們都是這樣長大的》、《恐怖分子》等電影劇本。

蒙娜麗莎記得你

女兒過了一個很寂寞的生日，答應要來的小姑姑因為又忙又累，被我在電話中勸退，原本一定會記得的梅紅阿姨也忘了捎來生日卡片，我們給她買的一臺錄音機也因為提早買好，於是生日當天就顯得沒有她所期盼的氣氛。老婆看出女兒臉上的一些失落，於是便提議晚上出去外面走走，女兒立刻同意。

我們在一家百貨公司內逛著，老婆說：

「就拿奶奶給的生日紅包挑一件小禮物，算是奶奶送你的生日禮物吧。」

女兒左顧右盼很難下決定，遇到了同班同學翁藝珊，翁藝珊拉著她團團轉，她則顯得意興闌珊。最後女兒挑了一個很小的水晶球，和翁藝珊道別後回家。

女兒回家後堅持把燈全關了，只剩下一個會發光的水晶球散發著一屋子燦爛細碎的光。女兒許了一個不願意說出來的願望，才心甘情願地結束了對她而言最重要的一天，她終於要到了她心目中的生日氣氛。

原以為生日就這樣結束了，沒想到她這個生日還要繼續過下去。

三月底的班級慶生會，女兒捧回了一堆同學送她的禮物，其中有一個模型的煤氣燈就是翁藝珊送的。那天在百貨公司的巧遇，其實是翁藝珊正在為她挑選一份生日禮物呢。

老師規定在慶生會時，同學們可以隨自己高興送給特定的壽星禮物，女兒常常會準備禮物送人，所以輪到她的生日時自然不會空手而回。

又隔了好一陣子，小姑姑終於捧來遲到的禮物——一尊木雕彌勒佛和一個小瓷碟，小姑姑很認真的對女兒說：

「因為你上次送我一個自己親手做的彌勒佛，我把他供在佛壇上，我相信你有一顆最純潔的心，佛因虔誠而靈。你的彌勒佛給我帶來了快樂，所以小姑姑也還你一個彌勒佛，祝你生日快樂。」

那是一尊很貴重的木刻，對女兒而言實在太重了，她抱起來都很吃力——這時已經距離她的生日過了一個月了。

五月初，由美國寄來的禮物到了，是一張梅紅阿姨在學校得了A+的設計圖的照片，照片中蒙娜麗莎的臉被梅紅阿姨的臉所取代，露齒而笑的一張臉，彷彿說：

「嗨，生日快樂。」

原來，梅紅阿姨把她的生日記錯了。

女兒原先有些洩氣，不過想想，又高興了起來，因為她發現今年她的生日過得又長又久，一直都能收到禮物。

女兒把露齒而笑的「蒙娜麗莎．梅紅」用磁鐵固定在門上面，每天都可以看到她的笑容，並且說：

「希望下個月，還有人記成是我的生日，那麼我一整年都在過生日呢。」

一個原本很寂寞而冷清的生日竟然演變成最長的一個生日，這真是女兒最大的福氣。

幸福的味道

屋子裡瀰漫著剛才刷完的油漆味道。

老婆要女兒上頂樓的小石屋去睡午覺，可以暫時躲過油漆的味道，留下我們清理善後。

很久以後，女兒打電話告訴老婆說她睡不著，於是我奉命上頂樓陪女兒玩耍。

女兒和我躺在頂樓的地板上，我才發現已經很久沒有和女兒這樣單獨躺著聊天了。特別是前一陣子早出晚歸，有時候連和女兒說話的機會都不多。
想想沒什麼話說，於是就很噁心地問她說：
「你覺得自己很幸福嗎？」
女兒說：
「是的。」
我要她舉個例子——什麼才是幸福？
女兒說：
「像現在這樣啊！」
我再追著問：
「還有呢？」
女兒想了想就笑著說：

「還有——不用補習啊！」

我又問：

「還有呢？」

女兒瞪了我一眼說：

「你煩不煩？」

我自作聰明的替她下了結論說：

「大概幸福太多了，就說不完了，對不對？」

果然，女兒開始講一些她記憶中很愉快的事，而那些事我並不知道發生過。

女兒說：

「從前啊，我念小學一年級的時候啊，夏天很熱，媽媽為了節省能源就要哥哥和我睡同一間房子裡。哥哥每天就講一個故事給我聽，長的故事要講兩天，短的故事一天可以講兩個。像海星的故事，像吃鼻子的怪物，還有厲鬼的故事……。」

哥哥會講故事給妹妹聽？我一直以為哥哥只會欺負妹妹呢。

女兒又回憶著另一件事情：

「夏天媽媽喜歡用茶葉水來洗草蓆，所以當我躺在草蓆上睡覺時就聞到茶葉的香味。很香呢。」

就這樣，我們聊了很多從前的小事情，女兒總是記得那些很小的感覺，卻都是很幸福的味道。

第二天，老婆買了一個鳳梨，把鳳梨皮放在電扇前面吹，不久鳳梨的味道開始在空氣中逐漸散開，和油漆味道混在一起。

女兒下課以後才進門，似乎就嗅到了那股鳳梨的味道，她很高興的在家庭聯絡簿上記上一筆：

「家裡塗滿了油漆，可是媽媽準備了鳳梨皮，於是我就聞到了一種鳳梨的香味，真好呀！」

草蓆上的茶葉香，漆滿油漆屋子裡的鳳梨香，原來都是幸福的味道，可是也要有一個嗅覺靈敏的鼻子啊！

或許女兒算得上是有那種鼻子的人吧？

——原載八十一年十月二十四日、十二月十九日《中國時報》

編者注

幸福的味道，究竟是什麼味道呢？

在這兩篇寫實小品裡，小野從一個父親的立場，觀察並記錄了女兒的生活故事，看似閒話家常，但其中所蘊涵的人倫親情、生活趣味，以及親子之間的和諧互動，都令人為之低徊再三。

而在平易近人的敘述中，作者尤其暗示了我們，生命中最深刻的幸福，往往就隱藏在最平淡的生活瑣事中，諸如：有人記得你的生日、童年時和爸爸並排躺著，有一搭沒一搭地聊天、放假時不用補習、哥哥說故事給妹妹聽、夏日草席上的茶葉香、漆滿油漆屋子裡的鳳梨芬芳等等——幸福經常無所不在，但看我們能不能用心體會、細加發掘，以一個「嗅覺靈敏的鼻子」去發現罷了。當然，作者也暗示我們，「嗅覺靈敏的鼻子」，其實便是一顆知足快樂的心！

大體而言，從父親角度，系列性地寫家寫兒女的男作家不多，小野之前，最為人所熟知的便是《小太陽》一書的作者子敏先生。

這兩位男作家的文字風格不同，作品內容亦有很大的差異，但都同樣展現了一個民主父親與溫暖家庭的全貌，饒具可讀性。

小野的這一系列親情小品，其後結集成《碗豆家族》一書。不論《小太陽》或《碗豆家族》，若有興趣，讀者都可找來瀏覽、比較一番。

黑鑽石與紅珍珠

／林清玄

在可求與不可求、可得與不可得的生活中，
每一步都是鑽石，每一言笑都是珍珠，
每一相會、相逢、相惜、相愛的因緣，都是人間無價呀！

作者簡介

一九五三年生於高雄縣旗山鎮。世新電影科畢業，曾任記者、主編、主筆，現專事寫作。曾獲國家文藝獎、中山文藝獎、金鼎獎、吳三連文藝獎、時報文學獎、中華文學獎、中央日報文學獎、吳魯芹散文獎、作協文學獎等十數次文學大獎。著有散文集《迷路的雲》、《溫一壺月光下酒》、《菩薩寶偈》及「菩提系列」等數十種。

六月紅柿，
七月荔枝，
全年都有番薯。
在南部鄉下，朋友約我到六龜吃蓮霧，說開春時當地的蓮霧盛產，非常好吃。這使我感到疑惑，因為從前老家種蓮霧，總是要到夏天才盛產，現在怎麼在嚴寒的初春就有蓮霧？何況為了吃蓮霧跑到六龜，未免太工程浩大了。
「多好吃？六龜的蓮霧會勝過林邊的黑珍珠嗎？」我問道。
朋友說：「當然！黑珍珠蓮霧已經很好了，但是有比黑珍珠更好的蓮霧叫『黑鑽石』，就是六龜的蓮霧。」
黑鑽石？我還是第一次聽見，於是欣然就道，到六龜去吃蓮霧。
一路上朋友向我分析「黑鑽石」與「黑珍珠」的不同，兩者在顏色與甜度上不相伯仲，但有兩點不同，一是黑鑽石的體積碩大，一粒勝過黑珍珠三粒的總和，「四個蓮霧秤起來就一斤多，很難相信吧？」二是黑鑽石較鬆脆多汁，相較起來，黑珍珠就顯得乾硬了。

我一直覺得從美濃到六龜的那條路，是極美極典型的臺灣風景，山形飽滿，樹木圓潤，田園平和而青蔥，如今在車內聽著蓮霧的好吃，感覺田園又美了幾分。

果然，車子過了美濃往新威的路上，就看見路邊許多專賣蓮霧的小攤，那蓮霧十分碩大豔紅，引人注目。朋友說：「那就是黑鑽石了。」

我們越過許多小攤才找到朋友熟識的農夫，停下來買蓮霧。看到這些今天清晨才從樹上採來的新鮮蓮霧，紫中帶紅，圓滿無瑕，彷彿還飽含著昨日的晚霞與露水，真是美極了。並且有著一種蓮霧獨有的清雅香氣，這一點連鑽石也無以相比。

我挑了十個蓮霧，農夫放在秤上，說：「三百元。」

我以為自己聽錯了，「三百元？十個蓮霧三百元？」

農人和朋友都笑了，農人說：「沒錯！沒錯！我的蓮霧本來一斤賣一百八的，看在陳桑的分上，算你一百五，已經俗很多了，再俗，我就沒賺了。」

然後農人向我們傾訴，「黑鑽石」是多麼不易栽種，除了選最好的品種，打從蓮霧開花結子開始，就像照顧嬰兒一樣。以比例算起來，二十片葉子的養分只能供應一粒蓮霧，所以一大半的蓮霧初結果時就要摘除，只留下一小半最好的。等到果實大了，擔心日晒、蟲咬、鳥吃，每一粒蓮霧都要包紮起來，才能使果相、顏色都達到完美的地步。

「真的不貴，你吃一粒試試，就知道便宜了。」朋友插嘴說。

我對農夫說：「你是給陳桑抽幾成？特別開一小時的車，載我來買你的蓮霧，還一直鼓吹。」

農夫聽了大笑，隨手拿一粒蓮霧說：「來，這粒我請！」他用衣袖拭淨蓮霧，一剝，正好從中間裂成兩半，「嗯，很脆，」他在那裡自贊道。

「黑鑽石」滋味真是筆墨難以形容，香、甜、嫩、脆、清、多汁，不要說一斤一百五，兩百元也是值得的，我們於是坐在路邊，把我選的十個蓮霧，一口氣全吃光了。

「唉呀！這麼好的蓮霧怎麼不運到臺北賣，一定可以賣到更好的價錢。」

農夫說：「生呷都不夠，哪有通曝乾。」（新鮮的都吃不夠，怎會剩下來晒乾。）

朋友說：「鴨巢內無隔暝的蚯蚓。」（蚯蚓是鴨子最愛的食物，不管有多少，都會被吃光的。）

原來最好的「黑鑽石」光是在產地路邊就賣光了，不必再銷到臺北，給商人賺幾手。

「再過一陣子就吃不到這麼好的蓮霧了，雨水期一到，再好的品種的蓮霧也不會這麼有味了。」農夫說。

最後，我們買了一整箱的蓮霧，開車回來的路上，感覺有一種很好的心情，想想臺灣的土地多麼肥美，能滋養出黑珍珠或黑鑽石這樣的水果來。看看天色尚早，朋友說要帶我去一個「祕密基地」，車子突然轉進山中小路。

當我看到一整片蛇莓鮮紅的果實與潔白的花時，不禁高呼起來。

蛇莓就是山中的野草莓，因為連蛇也愛吃而得名，它的滋味與紫桑椹齊美，在我的農村生活，是回憶中最甜美的點綴。

在我還是小學生的時候，常隨父親到山裡採蛇莓，父親總是用巨大的手掌小心地捧著蛇莓，那是因為蛇莓的果實嬌嫩脆弱，需要細心呵護。後來我每次看見蛇莓，就會想起粗線條的父親捧著蛇莓呼喚我們小名那溫柔的樣子，感覺那種難得的溫柔勝過蛇莓的滋味。

野草莓的記憶清明如昔，父親則早已成為天邊的雲彩了。這人間的一切因緣，都如是嬌嫩脆弱，需要溫柔細膩的呵護呀！

我和朋友坐在溪邊的卵石上，沉默專心地吃著野草莓，我想著：如果最好的蓮霧叫「黑鑽石」，蛇莓就可以叫「紅珍珠」，在紅珍珠血一樣的汁液中寶藏著遠去的童年時光。

能在春天吃蛇莓，真是幸福的事。生命的幸福每每如此，需要及時及地，就像六月要吃紅柿，七月要吃荔枝，十二月要吃橘子，如果不能及時，只有回家吃番薯了。

在實際人生中，相會的因緣、相逢的一笑、相惜的朋友、相愛的情人，也都需要及時及地，一旦錯失就有如流逝的雲彩，難以追回了。

可惜，我們懂得及時掌握生命之味時，總是從不斷的錯失中體驗得來。

想到禪師說的：「五月松風，人間無價。」我對朋友說：「春天的蓮霧和蛇莓都是人間無價的，又豈止是黑鑽石、紅珍珠呢？」

如果我們能真切進入每一個時刻、每一次因緣，品嘗那最美最動人的一觸，即使無常飄泊的生命，也能在冷漠裡有動人的神采。

在不可為中尋找可為。

在不可愛裡看見可愛。

在不可能中發現可能。
在不可知裡探觸可知。
在不可逆中創造可逆。

縱使在不可惜的時刻或感情，也知所珍惜！
在可求與不可求、可得與不可得的生活中，每一步都是鑽石，每一言笑都是珍珠，每一相會、相逢、相惜、相愛的因緣，都是人間無價呀！

——原載八十二年三月《講義雜誌》

編者注

生命的幸福每每如此，需要及時及地，一旦錯失就有如流逝的雲彩，難以追回了。

林清玄〈黑鑽石與紅珍珠〉一文，從南臺灣的兩種水果——蓮霧與蛇莓——寫起，最終歸結至如此的結論。作者仿如在早春晴美的田園裡說法，果實的清甜、童年的記憶、相遇的因緣、珍惜感恩的情懷，一一織就了這篇散文的經緯，而「及時懂得掌握生命之味」的體悟，則畫龍點睛地凸顯了全文精神所在。

其實，黑鑽石與紅珍珠，都只是果實的名與相，與人無涉，必須真切進入與之相會的因緣，及時品賞「那最美最動人的一觸」，且由衷珍惜，其價值與意義，才遠在世俗有形有價的珍寶之上，所謂「每一步都是鑽石，每一言笑都是珍珠，每一相會、相逢、相惜、相愛的因緣，都是人間無價！」便是此意。因此，及時掌握生命之味，不只有其積極性，更是一種有情人生的開拓。

在如此芬芳有情的篇章裡，作者一路雲淡風輕，款款道來，由生動的敘事，轉而進入平易近人的說理，流暢從容，值得再三細品。

針線情二帖

／陳正家

三十年後，我才了解，原來愛就是心中有負擔，心中有責任，心中有期待……

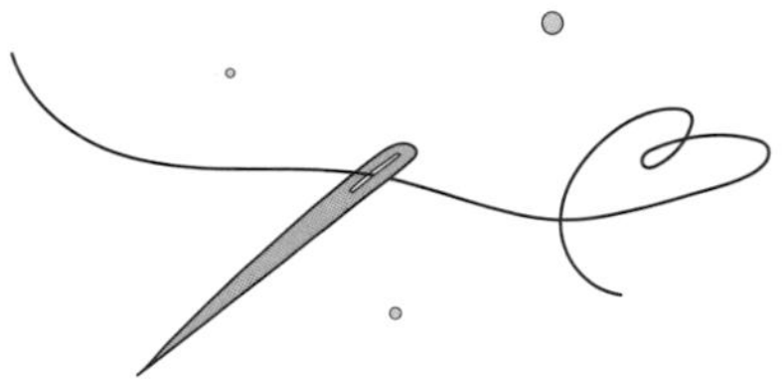

作者簡介

一九四五年生，臺灣臺南人，臺南師範、東吳大學畢業。曾任小學教師、中學教師、救國團服務員。曾獲梁實秋文學獎、重建師生倫理論文獎，作品散見各報章雜誌，編有《綠衫傳奇》。

針線情

我的大學服，都是大妹一針一線，用手足之情縫綴上去的。

為了讓我能讀完大學，大妹放棄了升學的機會，大老遠的從臺南到萬華西園路的一家成衣加工廠工作，把每月所得的工資，全部拿給我當生活費。三十年來，她從沒提起過，三十年來，她從不為這一段貧血的青春抱怨過，三十年來，我從沒忘記過，三十年來，我一直沒有表示過我對她的感謝，她也從來不讓我述說這一段陳年往事。

大學聯考放榜了，鄰居福臨伯提了一長串鞭炮，包了一個紅包來祝賀，在炮聲中，我看到父親憂愁的臉，炮聲後，我聽到母親嘆息的聲音，我只木木然地一說再說：「謝謝。」但是，我的心中沒有一絲絲快樂的感覺，我的臉上也擠不出一點點勉強的笑容。升大學之路，怎麼會這樣苦澀，家中連買一張到臺北的車票錢都湊不出來，我怎麼敢奢想到臺北去讀書？我怎麼敢向父親開口？我怎麼忍心向母親懇求？父親說要把拉車的黑公牛變賣，因為家裡沒有任何值錢的東西；可是把牛隻賣掉，父親就不能駕車幫人搬運貨物，五兄弟、三姊妹將如何過活？母親說要去向親戚朋友借借看，我怎能讓母親用哀求的眼光，去忍受別人冷冷的拒絕臉色？我故意堅決地說，今年只是考著玩而已，目的是要看自己有沒有實力，明、後年也許能考得更好。

天色漸漸暗了下來，我的心也隨著暮色，蒙上一層灰灰的、淡淡的哀愁。

五燭光的燈泡，把那一大鍋純地瓜飯，照得像金粥一樣，那一大盤的清炒油菜，顏色比故宮的翠玉白菜還誘人，一粒粒飽滿晶亮的豆豉，好像都吸足了甕底的美味，小瓦屋裡的氣氛比咖啡屋還浪漫、還有情調，每天吃這些現代人夢寐以求的低脂、高纖的食品，我已經很滿足、很快樂，覺得自己非常幸福。

飯後，我斜躺在牛車上發呆了，聽到腳踏車的煞車聲，我知道是大妹下班回家了。

大妹氣喘吁吁的跨下腳踏車，聽到我有氣無力的招呼聲，她早已知道我的心事——為考不上大學而煩惱，也為考上大學而煩惱，如今聯考放榜，真正的煩惱才開始，而且要煩惱四年。在幽暗中，我感覺得到大妹的眼睛，有奕奕的光彩。她很天真的說：

「二哥，我有兩枚金戒指，一條金鍊子，你可以拿去當註冊費。」

「不是這些就可以解決的。」

「我可以到臺北工作。」

「怎麼可以讓你隻身到臺北工作？這樣我永遠都會感到不安。」

「在臺南做成衣加工和在臺北做成衣加工，沒什麼不一樣的，也許臺北的薪水還比這裡高。」她好像很有信心的樣子。

我緩緩地坐起來，卻不知道說些什麼才好。

大妹把腳踏車停放好了，也不急著去吃晚飯，她站在牛軛旁，暗暗地陪著我發愁。

「妹妹，去吃飯吧！明天一定有辦法。」我安慰她。

進了小瓦屋，看到爸媽在昏暗的燈下默默地對坐著。

「爸爸！我繼續在小學教書好了，我不想到臺北去念大學。」我說出了痛苦的抉擇。

「不論生活有多苦，我一定要讓你多認得幾個字，讓你去讀大學。」父親堅決的說。

「我認識的字已經夠用了，以後存夠了錢再去讀大學好了。」

「俗語說：『六冬公學讀透透，不識黿鼇龜鱉竃。』你從臺南師範畢業已經三年了，黿鼇龜鱉竃都會寫嗎？」父親不願意我放棄求學的契機。

「還不太會寫，但是，光會寫那幾個字，其實也沒什麼用處。」我兩手一攤，故作瀟灑的樣子。

父親說他因為不識字，曾經受到人家當眾羞辱，所以，無論如何，他不肯再讓我們兄弟從事牛車運輸業，他掏出身上所有的錢，塞在我手裡，然後說：「先拿這些錢坐車去臺北，生活費和註冊費，隨後再寄去。錢再賺就有，家裡的事，不用你擔心。」

家裡所有的錢，僅夠我買一張臺南到臺北的普通車，和吃兩頓自助餐，我擔心我自己，我更擔心全家明天是否有飯吃，我還擔心父母親為我擔心，我更擔心父母親擔心我為他們擔心。三十年來，我才了解，原來愛就是心中有負擔，心中有責任，心中有期待，無論接受多大的折磨，都是心甘情願的，都是永不後悔的，這叫做真愛。

天亮了，又是充滿希望的一天，我提了一個乾乾瘦瘦的包包，毅然決然地踏上了冒著濃濃黑煙的普通車，這是生命的另一個起點，我要急急地去奔赴。

三弟幫我提行李，順便來送行。

他跟著火車跑了一小段距離，我對他一再地揮手，他迅速地向後退去，人變小了，影子模糊了。他沒有說：二哥！我愛你；他也沒有說：二哥！我想念你；他只說：我以後也要去臺北讀書。我記得他那充滿期盼的神采，和充滿自信的聲音，是在火車開動後，他已無法趕上火車的速度，即將和我分離的時候迸出的。十年後，三弟才達到自己的願望，他半工半讀地完成了大學學業。

望向窗外，嘉南平原都是金黃色的稻浪，一波又一波地在陽光下、在微風中翻滾，我暗暗地淌著淚，不是傷心，不是畏懼，也不是離愁，而是無限的激動——父母親曾跪爬在這一塊多情的土地上，把青春、把歡笑、把愛意、把汗滴、把眼淚，滴在水田中，沒有聲音、沒有影子、沒有半句怨言、沒有半點後悔，他們用培育金黃稻穗的心意來培育我，我怎能做那秀而不實的禾苗？我怎能做那空空虛虛的秕？我必須是結結實實的稻穀，低垂腰肢，感激大地的賜與，感謝日月的照臨，感懷風雨的滋潤，並為春耕、夏耘、秋穫、冬藏而滿懷感恩。

大大小小的火車站名稱，都是在乘坐普通車，一站又一站地駛進腦海裡。

在一個叫做臺北的大站下了車，我分不清東西南北，心中沒有喜怒哀樂，只覺身體是疲勞困頓，搖搖晃晃地找了又找要去外雙溪的公車，就在望星橋前下了車，遠遠的看到山腰上的學校，我猶豫了，我惶恐了，我真想立刻就搭火車回臺南去。

我不知道父親是怎麼去籌錢的，他居然湊足了註冊的錢，讓我能及時繳費，家裡的米甕不知要空多久？家裡不知道又要吃幾個月的番薯簽？父親揹債時不知會有多難堪？他會不會說：「等我的孩子大學畢業後，賺了錢再還。」大學的門檻我才剛踏進來而已，誰有耐心等四年？他也許會說：「明天，也許明天就有錢。」他總是樂觀地把希望放在明天，如果沒有明天，我們全家都沒辦法活命。

大妹到臺北來找工作，地點是在萬華西園路的一家小小的成衣加工廠。

我好不容易才找到那個地方。

低低矮矮的屋簷，昏昏暗暗的日光燈，還有堆積滿屋的衣、褲，隨處飄飛的棉絮，轟轟隆隆的縫紉車聲音，用現在的觀點來看，即使是外籍勞工，都不願意在那種環境中工作。大妹剛找到工作，只做了幾天而已，也還不到發薪水的日子。她向老闆說明了原委，預借了一個月的薪資，她將一把鈔票塞在我的手中，自己一張也沒留，她說要用錢，再向老闆借，因為老闆總會欠員工錢的。

上大學了，我常常每天吃三個饅頭，每晚讀到三更半夜，我不敢參加活動，星期天不敢外出，我的生活範圍就是教室、寢室和圖書館三個點而已，因為，我不忍心讓大妹吃更多的苦。我瑟縮地、孤獨地躲在幽暗的角落，我期望自己深深的埋頭，將來才可能出頭，我不能讓大妹的心血白流，我不能讓家人的期盼落空，我不能讓自己的理想破滅。我相信：只要我能堅持，只要我能克服內心的自卑，面向陽光，將陰影投在背後，我會走出自己的一條路來。

為了幫助我走完四年的漫長路，一個小女生勇敢地踩著單調的裁縫車，彎著腰、瞇著眼，將青春一針一線地、慢慢地放逐。今天，如果我有能力在報紙上發表一篇文章，這都要感謝大妹，以真情為針，以耐心為線，縫合了我求學之路的缺憾。她讓我學會關懷，學會把感恩埋在心中，但是，我永遠學不會像大妹那樣，犧牲自己，照亮別人，而且不居功，不怨尤，不唱任何的高調，只是默默地將一線一針，結結實實地，縫綴在最需要、最恰當的地方。

三十年疼痛

讀小學以前，我的童年都是在母親的背上度過的。

從小，我就骨瘦如柴，長相與現在所看到的衣索匹亞皮包骨的小孩子一模一樣，每一根肋骨，都清清楚楚地浮現在無半點肉的胸上。母親用背巾背著我，我的頭，總是歪歪斜斜地垂掛著，隨著母親的步履左右搖晃。沒有一個人肯相信母親有辦法把這樣一個小孩子養大，即使養大了，也是「阿達」型的人，大家都猜不透她怎麼要花那麼多心血，養那毫無希望的「猴死囝仔」。許多鄰居都勸母親把我丟到甘蔗園裡去，讓我自生自滅，母親哪肯這樣做，她三兩天就要背著我上一次醫院，不是發燒就是瀉肚子，不是氣管炎就是扁桃腺發炎，治好了這個病，又生了另外一個病；我沒有一天不吃藥的，母親說我吃的藥比飯還多，我一哭泣，連眼淚都有藥水味。醫院離我們家有十幾公里遠，母親每次要來回走二十多公里，從一大早就出發，過了中午才能回到家。她打著赤腳，走在碎石路上，有時颳風，有時下雨，有時是頂著大太陽，她所走的漫漫長路，加起來可以繞臺灣好幾圈了。母親的背一定是被我壓駝的，母親的身軀，一定是因為我而乾瘦的，母親的小腳，都是因為我，而長滿了厚厚的一層繭，我不知道母親的心，為我淌了多少的血？我也不知道她的眼，暗暗地為我流了多少淚？

長大後，我才知道母親有個好美的名字，她本姓郭，後來改姓李，名字叫春花，每次看到李後主的虞美人詞「春花秋月何時了」，我就想起母親；每次讀到泰戈爾的詩「但願生如春花之絢麗，我也會想起母親；每次聽到閩南語歌「春花望露」，我更會想起母親。母親不認識字，她從來不知道她的名字有多美，因為左鄰右舍都叫母親的外號「圓仔」，她從來也沒聽過人家叫她的本名。我長年在外流浪，我寄母親節的賀卡，都要貼上自己的照片，這樣母親才知道是誰寄的，甚至是名片上，也貼上照片，這樣，她要請人幫打電話時，也比較方便。

四十幾年來，母親從來沒訓示過我什麼道理，我從來沒在床邊聽她說過什麼故事，我只在她背上聽過她輕輕的哼著《搖嬰歌》哄我入睡；她從來不罵人，因為她罵不過那些伶牙俐齒的人；她從來不打人，她永遠打不過任何人。

看她像似手不能提，肩不能挑，嘴不能講，可是她拉拔了我們八個兄弟姊妹長大成人，結婚生子，她挑起一家十口的生活重擔，幾十年來，從沒喊過重。她不知道什麼叫「言教者訟，身教者從」，她只是默默地做她本分的事，她只知道盡一個母親的責任，盡一個妻子的責任，母親像千千萬萬個典型的中國母親一樣的溫柔，我說不出來，但是，可以感覺出來。

父親從事牛車運輸業，每天都駕著牛車幫人家載運東西，無論是稻米、番薯、煤炭、或是甎瓦、蔬菜，他總是趕著牛車，一趟又一趟，在人生道上，日夜不停的奔馳。

為了養活一家十口，一頭牛根本不夠父親駕車之用，所以家裡就養了兩頭牛，輪流來拉牛車，也因為家裡總有一隻牛閒著，才使母親遭受到這樣的痛苦。

母親懷大妹的時候，有一天早上，到牛圈裡去餵牛吃草，那隻大黃牛，原來是躺在地上，看到草料，忽地站了起來，母親閃避不及，在肚子和大腿之間，被撞了一道大傷口，一時血流如注。那時，村子裡根本沒有西醫，只有國術館，但他們不知道怎樣來幫母親醫治傷口，還好，鄰居有一位福安嬸，立即自告奮勇的幫母親止血、敷藥，過了一個月，傷口才痊癒，大妹也很幸運的順產，大家都認為大妹是家中的福星。母親每提及這一段驚險的往事，就心有餘悸，並要一再的感謝鄰居，幾十年來，每次提起，她都是這個樣子。前幾年，福安嬸過世時，母親天天紅著眼，噙著淚，泣不成聲。

除了從事牛車運輸之外，父親也種二分多的番薯田。晨霧還未消褪，父親和母親就駕著牛車到田裡去了，犁田的工作，一直都進行得很順利，快到中午的時候，只見一畦畦的土，又直又鬆，黃橙橙的，在陽光下靜靜地躺著，整個嘉南平原，出奇的靜，連雲雀在半空中鳴叫的聲音都聽得一清二楚。父親說，當他犁田犁到田地的盡頭，正要轉身往回走的時候，綁在牛身上的繩子突然鬆了，那隻大黃牛往前衝，衝向母親，父親大叫：「圓仔！緊閃！緊閃！」母親正在整地，抬起頭來，和那怒目相向的黃牛正好面對面，眼看就要撞到了，還好，父親飛也似的從後面趕上，一把抓住牛鼻繩，那牛角和母親相距，只有一個拳頭大小的距離而已，要是再慢一步，母親就沒命了。母親經這一嚇，手腳都嚇軟了，她癱在田埂上，好久好久，才站了起來。

當我還在小學教書的時候，有一天，一大早就到學校開早會，升完旗之後，覺得心裡怪怪的，我從學校的後門跑回家，人還在院子外就聽到四嬸的呼救聲。我衝到院子裡，只見那隻大黃牛，正用兩隻大角往地上猛撞，地上有一個人躺在那裡，四嬸一直喊救命，她一直指著地上，她嚇呆了，我仔細一看，原來是母親被大黃牛撞倒在地。我大喊一聲，用拳頭猛擊牛頭，我使盡平生最大的力量，要和黃牛生死鬥，連連揮出好多拳，可是那隻大黃牛卻無動於衷，還是頂著母親不放。眼見大勢不妙，我立即退後五、六步，然後再向前猛衝，全身飛騰，用整個身體從側面去撞大黃牛。我不知道我發出多大的力氣，我也不知道我發出多大的吼聲，我也不知道大黃牛是被我嚇跑的，還是被撞跑的，我一點也沒想到大黃牛如果從母親的身上踩過，會產生什麼後果。大黃牛跑到牛圈裡去了，我抱起母親，她已經休克了，我輕輕的將她放在床上，含了一口冷水，用力的往她臉上噴去，她醒轉過來，滿臉恐懼，並說胸口疼痛。

「誰通知你的？」母親驚魂未定，聲音還有些顫抖。

「我自己回來，沒有人通知我。」

「沒有人通知你，你怎麼會回來？」母親百思不解地看著我。

這時，我才覺得右手隱隱作痛，因為我使盡全力打了牛的左臉頰，所以整個手背都紅腫起來，有一種熱辣辣的感覺。

三十年來，她不知服了多少湯藥，吞了多少丸藥，吃了多少藥粉，也不知鍼了多少次，灸了多少回，可是，她的胸口依然像是中央氣象臺似的，隨時可以預知天氣的風雨陰晴。前三十年，她為了子女而受苦，後三十年，她獨吞身體上的酸楚痛苦，但是，她都逆來順受，她忙得團團轉，她認為疼痛原本就是生活的一部分。

——原載八十二年四月十三日、五月二十八日《聯合報》

編者注

陳正家的〈針線情二帖〉，寫的是兩位平凡而又偉大的女性，一是他大妹，一是他母親。前者「以真情為針，以耐心為線」，縫合了作者求學之路的缺憾。後者則費盡無數氣力心血，把一個別人認為毫無希望的「猴死囝仔」拉拔長大——「前三十年，她為子女受苦，後三十年，她獨吞身體上的酸楚痛苦」，並且始終認為「疼痛原本就是生活的一部分」。

——母親與大妹，可說是作者成長路上的守護神與提燈者，因此，作者以感恩的心情，發而為文，分別寫下這兩篇兼寓感懷與禮讚的篇章，恰似雕塑家摶土為泥，為深受感動的人物造像，不加任何點染，而兩位女性樸素堅毅的個性線條，自浮凸而出；其默默走過艱苦歲月、一步一足印之滄桑履痕，亦自格外鮮明、踏實且深刻。

全文予人木刻、銅雕的質樸之感，卻非水彩、刺繡的空靈絢麗。文中，作者描寫全家人圍坐在五燭光燈泡下吃地瓜粥的景象，其氣氛近乎梵谷早期畫作「食薯者」，只是未如「食薯者」畫面晦暗罷了。又，描述三弟火車站送行一段，作者運筆如運鏡，頗令人想起侯孝賢之電影。而父母跪爬在水田中辛苦耕耘的景象等種種描繪，亦令人為之動容——可以說，畫面的生動呈現，正是本文在倫理親情與女性特質的頌揚外，另一值得注意的特色。

母親，偉大的史詩

謹以此文，向普天下的母親，表達最深的敬意。

／王拓

作者簡介

一九四四年生，臺灣基隆人，國立政治大學文學碩士，美國愛荷華大學國際寫作計畫邀請作家。著有短篇小説集《金水嬸》、《望君早歸》，長篇小説集《牛肚港的故事》、《臺北·臺北》；評論集《街巷鼓聲》、《張愛玲與宋江》；兒童故事集《咕咕精與小老頭》等。現為國大代表。

小時候，我是個很頑皮的孩子。有一次，我在廁所牆壁上寫「老師愛女生」，被陳明蕃老師逮到了。他把母親請了來，當著母親面前，把我按在大腿上，用木板狠狠打了我一頓屁股，打得我哀哭號叫，直嚷「阿母啊！阿母啊！」但是母親站在旁邊，卻大聲說：

「這個孩子不乖，不乖，老師啊，你打給伊死，沒關係，打給伊死！……」

我猛一抬頭，卻看到母親，眼淚早已流滿了一臉。

這個情景一直深深烙在我心靈深處。但是，我卻要到當了人父以後才明白，原來母親愛我有多深！

我們家一直都很窮，我的便當，經常都是幾片「菜脯」加上一條鹹魚。我實在是吃膩、吃怕了。有一天早晨上學時，拿起便當盒，一看又是菜脯鹹魚，我忍不住就滿腹委屈地抱怨起來。

「又是菜脯鹹魚，菜脯鹹魚！我不要帶了！」

母親望著我，半命令地說：「菜不好也要帶！不然，你要餓死嗎？」然後，拿起便當盒就要往我書包塞。

我掙脫了母親的手，瘋了似地嚷著：「我不要讀書啦！不要讀了！」

「你這個孩子，你這個孩子……」

母親臉色白蒼蒼的，兩眼含著淚水，竟嗚咽地哭了。

直到長到很大以後，回想起這一幕，我才痛苦地發現，當年，我是多麼殘酷地傷害著母親的心啊！

大學三年級的暑假，我已經忘了究竟是為什麼原因，竟沒有回基隆的兄嫂家和母親過年。但是，在初五那一天，當我從圖書館走回潮州街的住處，走進旁邊陰森灰黯的巷道時，只見巷道盡頭，一團黑色的背影，弓彎著，似乎很費力地在搓洗著什麼。我心裡猛一跳，一陣熱血隨即湧上腦門。

「啊……是母親嗎？」我快走兩步，忘情地叫著：「阿母！……」

母親抬頭望我一眼，隨即又弓彎著背，邊繼續搓洗著，邊嘮嘮叨叨地數落我，「你這個孩子，都不會照顧自己。這個被單，幾年沒洗了？黑墨墨……」

那天吃過晚飯，街上已經很灰黯了，還下著一點小雨，我陪著母親走向車站。

「都這麼大了，還這麼不會照顧自己。瘦成這樣，吃不像吃，住也不像住……」。母親沿路說著說著，忍不住，竟哭了。我心裡慌慌的，拉拉母親的衣袖，勸著：

「阿母，不要這樣啦，我會照顧自己。」

這時，只見母親撈起衣襟，一件又一件地翻，最後才從最底裡的衣袋掏出個紙包，外面包著一層報紙，解開，赫然是我平時寄給她的郵局現金信封。

「這些錢，都是你平時寄給阿母的，阿母捨不得用。」母親把信封塞進我衣袋，說：「你拿著，放在身邊，買一點營養的。書要打拚讀，身體也要照顧。阿爸死得早，從小沒人照顧你……」

「阿母，不要這樣啦，」我推拒著，心裡像被什麼給哽住了，「我每個月有家教，還有學校的公費……」

「傻孩子，阿母老了，你阿爸生前欠人的債，也還清了，阿母要錢有什麼用？你還在長大，最需要營養，阿母又不能在你身邊……」

送母親坐上回基隆的火車，我獨自走回潮州街的住處。沿路，我想忍都忍不住，眼淚像雨水般涓涓地流了一臉。

母親過世已經十年了，但是，母親留在我心底的諸多這一類的記憶，卻成為我與妻子兒女們經常的話題。如果，每一個家庭都有所謂的「家庭文化」的話，那麼，母親一生留給我們這一類無數的往事與回憶，便是我們家庭，最值得珍惜和懷念的偉大史詩了。

——原載八十二年五月九日《中國時報》

編者注

描寫親人，往往是描寫人物的散文中，最難寫的一種。因為下筆行文之際，情感的掌握拿捏，不易恰到好處，而素材的取捨剪裁，亦往往令人頗費躊躇。

但王拓〈母親，偉大的史詩〉一文，追憶慈母，卻僅就其生命中印象最深刻的三個片段來寫。由於筆力集中，敘事鮮明，對話生動，且所述情事亦均具代表性，因此，雖僅有三個事件切片，但卻充分展現了其母人格特質，與細膩委婉的慈愛情懷。

值得注意的是，三個印象切片中，王拓所展現的，都是流淚的母親形象。這些眼淚，或出以望子成龍的掙扎，或流露疼惜愛兒的傷痛，每一次都浮凸出其母的一個情感側面與護惜子女的深情。因而淚光閃閃，但見母愛光輝晶瑩，卻不覺潮溼、濫情。

總之，王拓此文，文字樸素，未加矯飾，情感真誠，如實呈現。而氣象壯闊的題目，輝煌耀眼，正點出母親的偉大，乃在於她安於自身的平凡與奉獻——全心全意，無怨無悔！

想我那情深緣淺的父親

／登琨艷

我一向對父親有距離，患有畏懼，
自己年歲漸長，卻又常在他鄉異地深深的夜，
尤其微醉的夜，想伸手去擁抱故鄉已漸年邁的父親，
啊！我那情深緣淺的父親！

作者簡介

一九五一年生於高雄市，屏東農專農藝科畢業，曾追隨漢寶德先生從事建築設計工作。創立「舊情綿綿」、「現代啟示錄」等青年聚會場所，後結束營業赴歐美遊學，並往來於臺海兩岸從事藝術研究及中國古典家具收藏工作。近年蟄居上海、北京，著有《流浪的眼睛》、《臺北心·上海情》等。

昨天晚上兩位好友為我今天又將離開臺北到大陸遊居而餞行。狠狠吃了一頓之後又去KTV唱樂了一番，直到過了十二點，才拖著疲累的身子回家。沖了涼水澡之後，生怕睡過頭來不及整理行李，就東摸西索地打理一大一小的行李，躺上床，習慣性地睡前一個小時的閱讀；看看鬧鐘已經將近凌晨四點了，卻仍然一點睡意都沒有。

每次要離開臺北遊居他鄉的前夕，我總是會發作這樣的遠足前夕症候，從小學每次遠足就是這樣，都年紀老大一把了，不曉得為什麼總是會惦記著行囊裡好像少了母親為我準備的豐盛飯盒，裡面有鹹鴨蛋、香腸、豬肉乾之外，還有橘子、香蕉之類的水果，還包括一水壺的青草茶或冬瓜茶，那一夜我總是睡不好。

擰小了燈，半寐半醒的懵睡著，直到臥室頂上的天窗沁露曙白清光，仍未睡沉，只好起床下樓，想去拿早報看看，開了門卻失望的又上了樓，看看鬧鐘才過五點，也不好再睡了，遂埋怨起怎麼今天早報來得特別晚，欺侮我這樣遠行的遊子。

偎靠床頭，想給在高雄居住的母親打個電話辭行，拿起話筒又擱下，因為母親每天清晨四點就出門去運動，我一定找不到她，我又懼於父親的訓示和告誡，電話就沒打了。每次遠行碰到要趕搭早班機，我總是這樣心頭掛起我那半生緣淺的父母，常常就這樣沒有辭行就走到了他鄉才打電話回家報平安；每次從國外打電話回父母家，我卻又心悸地深怕聽不到他們的聲音，老是記著「父母在，不遠遊」那句古話，少小讀初中就離家的我一直有著這樣莫名的恐懼。

有一次深夜掛電話給父親，聽到父親啜泣的聲音，真把我給嚇壞了，我聽得心口絞痛，我們父子緣生過半，我就只有那麼一次聽到過父親的哭聲，而我這遊子卻身在遙遠的異鄉，伸手擦不到他堅忍一生已將七十才落下的眼淚。家父個性外剛內柔，嚴峻的背後總是夾著一股憂鬱，近來我常常在想著他雙頰淌淚的樣子，慚愧的是他的眼淚卻是為了思念我而流。

而我母親生性開朗，笑聲總是掛在嘴上，一生就沒在我眼前掉過淚；六十幾歲了，因患輕微中風，眼睛有點斜視，當時我們都嚇壞了，她卻獨自跑去學瑜伽，不多久不但身體治好了，並且成為教練，我每次看到她那輕巧的活力，我就好高興。我身上遺傳了母親的天分和毅力，卻也遺傳了父親內心深處的那股憂鬱。

好不容易等到時間過了七點鐘，打開電視，螢幕裡傳來葉樹姍播報南韓與中共簽定建交協議的新聞。就將離開臺北飛赴中共管轄的大陸土地的我，聽得心頭一陣亂，我們臺灣人快要變成地球遊子了。漱洗完後又下樓去拿早報，並且沖了杯咖啡，看到報上寫著刻在美國休斯頓訪問的執政黨祕書長宋楚瑜先生發表有關南韓與中共建交的談話，說「什麼風浪沒經過」。回躺到床頭，我又拿起了話筒想給父親打個電話，告訴他，我又要去大陸了，等他告誡我小心被騙時，我一定回答他說：「沒有問題啦！什麼風浪沒經過」。遲疑了一會兒卻又放下，不知怎麼的，我的眼眶一陣溫熱，我想擁抱父親。有記憶以來，我從來就沒有扎實地擁抱過父親，卻常握著母親的雙手。我一向對父親有距離，患有畏懼，自己年歲漸長，卻又常在他鄉異地深深的夜，尤其微醉的夜，想伸手去擁抱故鄉已漸年邁的父親，啊！我那情深緣淺的父親。

今夜，我飛越千山萬里，又來到四川成都，在一家可以看到臺灣人的酒廊，我多喝了兩杯，我又惦記起了父親。

——原載八十一年九月二十七日《中國時報》

編者注

〈想我那情深緣淺的父親〉是一篇微帶傷感的散文，字裡行間所流露的，則是人子思父的溫柔情懷。

作者登琨艷，是一名空間設計師，但也許由於工作的緣故，他必須經常走訪各地，奔赴異鄉，因此透過作品，倒頗予人「職業旅行家」的感覺。

而人在他鄉，夜深人靜，燈火闌珊，驀然回首，平生最牽繫、縈懷的是什麼呢？這問題的答案，自因人而異。但對本文作者而言，則是那「半生緣淺的父母」，尤其是他那饒具憂鬱氣質的父親。

所謂情深緣淺，其實原是作者有感於自己經常在外遠遊，與父親聚少離多。但在無意中，卻也透露了一般中國兒女心中的一個矛盾情結——「和父親有距離，患有畏懼」，卻又渴望與之親近。

在如此的情感背景下，因而諸如——「我的眼眶一陣溫熱，我想擁抱父親」，以及「伸手擦不到他堅忍一生已將七十才落下的眼淚」，遂都成為令人動容的句子。

〈想我那情深緣淺的父親〉一文，便是如此在簡單的敘述中，不自覺地透顯了傳統親子關係中的含蓄特質、人倫渴望，與親情壓抑，引人深思。

不過，雖說情深緣淺，但這樣一篇出自情感底層的文字剖白，也算是作者對父親所做一個溫暖有力的擁抱了！

枕中天地寬

／劉墉

不知是否睡姿不良，從小就常落枕。
既然沒辦法換脖子，只好常常換枕頭。

作者簡介

一九四九年生，北京市人。紐約哥倫比亞大學博士研究，聖若望大學研究所及師大美術系畢業。曾應邀至世界各地舉行畫展三十餘次。著有《螢窗小語》、《螢窗隨筆》、《真正的寧靜》、《點一盞心燈》、《薑花》、《四情》、《超越自己》、《創造自己》、《肯定自己》、《紐約客談》、《愛就注定了一生的漂泊》及畫論《花卉寫生畫法》、《山水寫生畫法》、《劉墉畫集》等三十餘種。

不知是否睡姿不良，從小就常落枕。既然沒辦法換脖子，只好常常換枕頭。

記憶中，最早的枕頭是個「中美聯合麵粉袋」的套子，裝著灰白色的木棉。棉籽沒除乾淨，隔著枕套，常可以摸到一顆顆。小孩都有「摸尖東西」睡覺的喜好，於是摸著枕頭裡的「圓球球」，就格外容易安眠了。

至於溽暑，那棉絮枕頭的上面，則多加了層軟軟的小草席，或許是大甲藺做的吧！柔柔的，帶一點草香。只是三伏天就麻煩了，不停地淌汗，把那草席泡得有些酸鹹菜的味道，半夜實在受不了，只好把枕頭推開，屈著頸子直接睡在床單上。

自那時起，就常「落枕」。

於是母親為我換了個小綠豆殼的枕頭。小，大概是因為綠豆殼難得吧？也可能因為這枕頭「實在」，所以小小一個，高度也就夠了。

綠豆枕頭，我用得最久，也最喜歡，甚至冬天都不放棄。它的好處不單是透氣，而且另有妙趣。

譬如，棉枕的彈性大，好像隨時要把我的頭彈起來。綠豆枕則非但沒彈性，而且具有「可塑性」，將頭扭一扭，綠豆殼自然紛紛被擠到兩邊，留下中間一個凹處，恰好把頭放下去。

至少最妙的，是聲音。棉枕隨你怎麼轉頭，都安安靜靜，這綠豆枕則稍稍活動一下，便沙沙作響，有些像陪父親到淡水河畔釣魚，夜裡躺在他懷裡聽到的潮汐，一波又一波的。

枕頭裡的潮汐還在，父親的潮汐卻斷了。

父親入殮的時候，九歲的我，只記得他蠟黃的面容，睡在一個元寶形的枕頭裡，枕頭兩端高高地，中間凹下一塊，卡住父親的頭。我心裡直喊：這枕頭那麼硬、那麼緊，父親睡得多不舒服！

往後，每當我睡進綠豆枕，左右轉轉頭，看枕頭兩邊的豆殼全被擠得高高的時候，都想：這枕頭也是兩邊高起，像個元寶，父親死的時候，為什麼不拿我這個去枕呢？

綠豆枕有時候也能成為我的玩具，把枕頭拋在空中，聽裡面豆殼撞擊的聲音，再抓住枕頭中間，使兩頭大、中間小，便覺得手裡有綠豆殼滑過的感覺，再不然，抓住枕頭一端，先覺得手底實實在在，漸漸豆殼溜掉了，手空了！枕頭也就從手裡墜落。

這枕頭是個虛虛實實的小世界，有很多鬼魅在裡面跑來跑去，不可捉摸……。

看我這麼喜歡綠豆枕，母親卻笑說，夏天真正清涼的是「蠶屎枕」，用那一顆顆蠶大便蓄成的。蠶因為吃桑葉，所以拉出來的屎也清涼，一點不臭，還香香的。

自從聽她這麼說，每次養蠶，看到那一顆顆黑色的蠶屎，我便捨不得拋棄，把它們集中在一個盒子裡，希望能有個帶桑葉味的枕頭。睡在上面，不是去淡水河的水濱，而是夏天午后的桑樹頭。直到有一天，不小心把水打翻在蠶屎上，沒多久，全變成一攤黑黑綠綠的東西，我突然有了翻胃的感覺，趕緊把那盒蠶屎倒掉。

小學六年級，到獅頭山畢業旅行，住在寺裡，硬硬的榻榻米上擺了一排吐司麵包樣的東西，忘記是什麼材料，只記得重重硬硬的，兩邊各釘著一圈釘子。更忘不了的是一群男生夜裡頑皮，把枕頭拋來拋去，突然有人大喊不好了，點亮燈，滿臉鮮血，半夜送到山下。

枕頭，這應該是軟軟的東西，居然可以傷人！

我開始對於枕頭有了新的詮釋。

或許因為綠豆枕會把頭陷在其中，造成整夜不轉動，而僵硬落枕，母親有一天拿了個新枕頭給我：「朋友介紹的，又硬又通氣！」

那是竹子編成的，想是先在當中加了硬硬的框架，再纏上細細的竹皮，工很細，編成花樣，且帶著網眼，舉起來對著光，隱約可見另一側的東西，有點像鳥籠。

睡這枕頭，沒有潮汐，倒有了竹林，和穿林而過的清風，有時候側睡，耳朵貼著竹皮的網眼，真覺得有風在吹。所以雖然因為高，讓我睡不習慣，這竹枕倒還伴了我相當的一段時光。

不知從什麼時候開始，報紙上大做「藥枕」的廣告。

廣告伴隨著長篇大論，先談睡眠與枕頭的關係，再分析各種藥枕的好處，彷彿用了藥枕，不但能安眠，而且有清心、退火和滋陰補陽的功用。

藥枕聲色果然不凡，想必其中藥材珍貴難得，竟比我當年的綠豆枕還小，提起來也是沙沙作響。聞聞氣味，有薄荷的清涼、桂皮的樹香、甘草的甜味、陳皮的辛辣……，活像置身中藥鋪。

躺上去，就更不同了，不但像綠豆殼一樣，有些滾動的聲音，而且夾雜著乾葉子折碎的音響，偶爾還發生斷裂的效果，想必是由桔梗一類小枝子發出的，於是每一轉頭，便像是步入黃葉滿地的秋林。

這藥枕是否清心，我不知道，只曉得每天早上起來，一頭的中藥味，連女朋友都嗅出來了，歪著臉問：「你是不是天天喝苦茶？」

於是我為她也買了一個。當別人洞房裡都是一對龍鳳大花枕頭的時候，我們的卻是又小又扁的兩個。

只是這種情況沒能維持多久，睡慣高枕頭的她，不得不換回一個厚厚大大的棉花枕，許多朋友見到我們的床，都猜那小藥枕是她的，大厚枕是我的。聽出實情之後，則發出奇怪的笑，好像我的臥室裡「乾綱不振」，老婆有大吃小的嫌疑。

搬到美國之後，藥枕雖然沒有帶來，床上仍然是一高一矮，妻的枕頭足有我的兩個厚。有一次轉過臉，看她高高在上，便笑她是高枕無憂。

「如果你有憂，我能無憂嗎？枕得再高也沒用！」

我們確實經歷了一段比較艱難的歲月，美國社會如同鵝絨的枕頭，很軟很軟，卻常會冷不防地鑽出一支羽莖，扎你一下。我的枕頭也一換再換，總覺得不如以前在國內用的，最起碼沒有了潮汐、竹韻和秋林。只是再回國時，竟然國內也都換成了洋式的大枕頭。

應公視的邀請，回國好長一段時間。這次從臺灣飛回紐約，走進臥室，一驚，原本一高一矮的枕頭，居然都變成了矮的。

「妳改睡矮枕頭了嗎？」

「沒有！」

「那麼妳的高枕頭呢？」

「收起來了！」妻說：「你每次一走就是三、四個月，我明明一個人睡，何必用高枕頭；我只要擺兩個矮枕頭就夠了，平常併排放著，看來好像你還在家。晚上睡覺時，則把它們疊在一塊，成為一個高枕頭。」

「我回來了，怎麼辦？」我笑道：「快拿出妳的高枕！」

「不用！你不在，你的枕頭是我的枕頭；你回來，你的肩膀是我的枕頭……」

——原載八十一年九月十九日《中華日報》

編者注

劉墉的〈枕中天地寬〉，活脫脫就是一部他個人的枕頭文化史，從物資匱乏、克難時代的童年敘述起，沿著人生的軌跡，一路翻山越嶺，娓娓道來，透過各式或硬或軟、或高或低的枕頭，串連起或悲或喜、或明或暗的生命記憶。

但劉墉感性的筆法，並不只在寫史，或記錄曾伴他走過無數夢境的枕頭而已，因之事之外，兼以抒情，更寄託了他對童稚時光的依依懷念、對亡父慈母的深情追思，以及對甜蜜愛情的由衷禮讚等。

而我們也在他的枕上世界遊走——從柔軟的棉絮枕、沙沙作響的綠豆枕、清涼的蠶屎枕、微風拂耳的竹枕，乃至清香四溢的藥枕，經歷了一次雋永的枕之旅。

此外，作者以潮汐、竹韻、秋日林間小徑等詩意象徵來形容枕上清音，以「枕頭裡的潮汐還在，父親的潮汐卻斷了」來寫父親的離去，也都是非常精準而又餘音裊裊的鋪陳。

小小枕事一樁，可以寫得如此層次豐富、耐人尋味，只因為枕中天地寬——寬的是有情歲月、有情記憶與有情人生！

船長的女兒

／曾麗華

她的媽媽緩緩由房門踱步而來，
坐在白茶花似的白沙發上。
衣服恬靜，……只見其頰影，若有愁思。

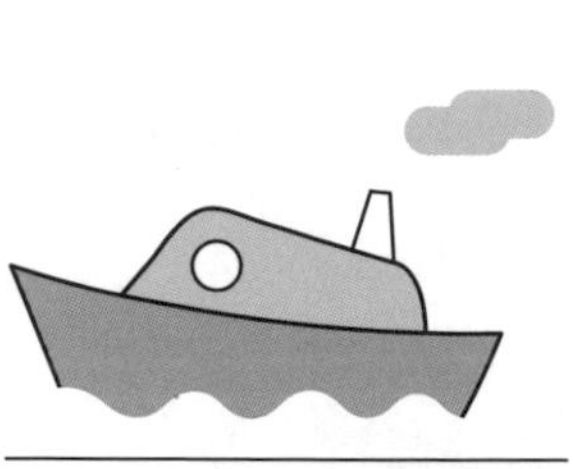

作者簡介

一九五三年生，廣東人。臺大中文系畢業，美國舊金山州立大學中文碩士。著有散文集《流過的季節》等。

那年班上新轉進來一位女同學，面容靈雋，髮辮光潔，額頭白如白茶花，連靜坐在那裡都光芒四射，奪人心目。沒穿制服，卻穿專屬夏天的藍與白。「是城裡來的，她爸爸是船長，她有全世界的玩具。她媽媽是電力公司廠長的女兒……」我們一群鄉下孩子吃驚地望著她髮梢的粉紅蝴蝶結，痴想她栩栩然飛在最高處。

但是她功課極壞，算術老師揚起他不可思議的眉毛，把她名字咆哮得變了調：「你怎麼這麼笨啊笨上天啊！考二十分？」她平靜美麗如昔，我卻感到臉上緋紅，心倏然像少了幾跳。「星期六你到我家來玩好嗎？」也許卻是因為我功課最好，我獲得了第一個邀請。

她家屋牆的珊瑚藤正盛放如雲如霧，粉紅色浸染在我們耳畔、眼底與唇角。屋裡有睡眠的氣息。每一個家飾都絕美，每一個線條都晶瑩，像是擺在絲絨盒裡的珠寶，不知為何卻琅瑺有聲。印度花布、波斯地毯、英國瓷器、匈牙利水晶燈。窗外陽光如灑，落在水晶燈上，熠耀若滴。她爸爸是浪漫的角色，足跡遠至天涯，她媽媽呢？

「我外公才是船長。我媽媽是船長的女兒。我爸爸是廠長，我媽媽身體不好，回到我外公家來養病。」

她的媽媽緩緩由房門踱步而來，坐在白茶花似的白沙發上。衣服恬靜，不知是在呼吸抑在做夢，頭髮凝著昨夜的殘霜，臉上有一層薄膜，彷彿是長年在某種霧氣或氛圍的保護裡，肌膚帶著特有的纖細。她淡弱地向我一笑，沒怎麼看見我也幾乎沒說一句話。回過臉去，四分之三是髮，四分之一是其頰影，若有愁思。她是不是快不久於人世？

回家的道路快要蒼白如紙，天空西邊仍在燃燒，東邊已成紫色灰燼，我含淚想著最牽動我心之安徒生童話，她媽媽就是我心底的美人魚，面海棲息在岩石上，等待自己幻化成泡沫。她背人而坐，只見其頰影，若有愁思。

我把家門打開，屋子一陣顫動後又靜若止塵，只有幾件粗略家具的空屋裡，老燈逾瘦。豆豆獨坐在藤椅裡，想把鬆弛的把手重新纏緊，但那藤條卻愈拉愈長。「爸爸去火車站找媽媽。媽媽要離家出走，爸爸說你可以去那裡？這裡又不是大陸老家？今天下午有兩件慘劇。爸爸中午下班騎腳踏車摔了一跤，掉了手錶，媽媽痛罵說掉了一個月薪水，五百塊。後來爸爸又把那隻媽媽剔好毛、準備下鍋的病死的瘟雞偷偷丟到海裡——其實是垃圾箱裡——他怕媽媽再去翻找。媽媽拿了皮包就一路哭走……」

我的媽媽當然也美麗，但她有高伏特個性，每日辛勤工作，像一顆瘋狂旋轉的星星。她也常常流淚，可能因為也是戰後，社會憂鬱，政治飄浮，經濟脖子隨時會被人扭斷。但我記得那晚深夜，她終於和爸爸平靜偕同返家。隔日清晨，她的聲音又在屋裡氾濫成災。雖是星期日，我和哥哥仍然早起。說話的總是媽媽，爸爸多半緘默。

沿海的小鎮清晨總是煙霧瀰漫，海是牡蠣色的，光則如蛛絲。草露多溼，蛛絲未收，我和哥哥挽了籃子，在那些桀驁不馴的野草叢裡找肥碩的蝸牛帶回家去飼餵鴨子。那些綴連不絕於葉緣的是露珠亦是淚珠。是不是太感動了，我今天清晨醒得比誰都早？我好像夢見上帝，或是一束光，溫暖地在我臉上吹拂，等一下去了教堂，一定要告訴林老師這個夢。她多麼嬌小可愛，每次我在教堂的院落裡，大家憩息在那棵只開花不結果的外國樹下，總能把經文琅琅背誦得如此完美，林老師都滿眼溼潤，給我滿懷的獎品，麵粉或玉米粉是給媽媽的，雖然哥哥每次早餐桌上都做嘔吐鬼臉狀；卡片則是我自己收藏的，每張耶誕卡就像充著世界各地奇異的電，發著不同的光。

星期天是我最快樂的，教堂的大門整個上午敞開，我們孩子們內內外外穿梭著那堵硃砂色甎牆，並且把那覆滿濃蔭的外國樹取名為教堂樹。

當然我也虔誠地祈禱。那年夏天，我順利考取了城裡有名的女中，結束小學生涯。家裡新添了一架順風牌電扇。爸爸媽媽並且乘興帶我乘了一趟火車去城裡參觀我未來就讀的學校。因不適應搖擺的速度，我一路嘔吐，但仍覺得甜美萬分。

在火車中震撼著的窗椅和現在一樣，窗外偶過一畦稻田，仍碧鮮如昔，這段鐵路卻因高速化或地下化即將拆毀。我問那飄過的影子，那可是我嗎？我心底的蝴蝶當然落榜。船長的女兒與廠長的女兒都不知去向，或者我對她們而言不知去向。那是最後一個夏天，爸爸忽然調離工作，我們舉家遷徙他處。媽媽為了帶走大陸攜來的破棉被又與爸爸大吵一架。最後，媽媽當然是我們家的英雄。

其後，我也有過許多歷歷可數的夏天。也曾甜美。雖然也是那麼甜美，卻也是那麼毫無意義。

——原載八十一年九月四日《聯合報》

編者注

陽光。夏日。濱海小鎮。船長的女兒。珊瑚藤盛放如雲如霧的粉色屋牆。清蔭滿地的教堂院落。童話般的往事。甜美的歲月。一段逝去的辰光……。

〈船長的女兒〉是一篇以文字把一則童年記憶裝裱起來的散文。作者筆調輕靈，在現實與夢境的邊緣，織起一種如霧似幻的氣氛——色彩鮮明，卻又迷濛淡遠；興奮歡喜，卻又悵惘無奈！那個甜美的夏日，所以不同於往後「許多歷歷可數的夏天」，正在於它是生命中唯一一章真實的童話，華麗、短暫、且一去不返！

當然，對文中女孩而言，那個夏日，也是別具啟蒙意義的。因為船長的女兒，恬靜、美麗，卻淡弱得彷彿隨時都會消失。但現實世界裡，那並不童話的女子，「具高伏特個性」，頗為強悍，卻是更為真實、具體且長久的存在！於是，「那是最後一個夏天」，小女孩從甜美純淨的夢幻憧憬中醒來。

——成長的過程裡，其實，我們不也曾經歷類似的幻滅與失落，在生命的某個季節？

〈船長的女兒〉所追憶或所輕描淡寫的，正是這樣一個往事如煙的夏天。

說「知己」

／何懷碩

泛泛之交當然去「知己」不可以道里計。不過，這種一般性的友情也不可輕視。

作者簡介

著名畫家、評論家。一九四一年生於廣東。國立臺灣師範大學美術系畢業，美國聖若望大學藝術碩士。著有《懷碩造境》、《何懷碩庚午畫集》及《苦澀的美感》《繪畫獨白》、《煮石集》等十餘部。

大畫家齊白石有一顆閒章，印文曰「患難見交情」。在篆法與刀筆之美之外，少年的我更為其文字內容所感動。心想在患難艱危中相扶持所建立的友情，何等可貴。

但是，後來我有一次看了一部敘述古巴革命諸戰友在成功後離心離德自相殘殺的電影，才知道共患難的交情並非最可貴；一同奮鬥成功得意之後，能不爭奪，不猜忌，還能有不變的情誼才更可貴。其實這種例子太多了。太平天國與現代中國政治鬥爭，偉大領袖與舵手們肅清親密戰友的事實，都說明了共富貴比共患難困難得多。

然而，還有更難得的情誼。在共患難之後，一貧一富，一失意一得意，如果仍能有不磨的情誼在，那種交情的境界，又遠非上述兩種可比。境遇的變遷，使人與人之間在地位、知識、能力、觀念、財富與生活方式，乃至形容、氣質、語言、舉止、衣飾等等方面都有了重大差異，因而有了鴻溝。彼此的「交情」竟能跨越這鴻溝而不變質，何其艱難！成功得意而不「變臉」與貧賤潦倒而有自尊，而且不是矯情作態，而是誠誠懇懇的「平常心」，這實在也近乎「聖人」了，豈一般人能做到？

所以，人間許多情誼，假如其間沒有人事境遇重大的變遷，也就沒有機會試煉情誼的高低深淺。大多數人把泛泛之交以為是知己，便因為考驗友誼的機會不是那麼易得。許多恩愛夫妻或多年老友之所以會在某種緊要關頭變為陌路甚至反目成仇，都因為原來只是誤解而在考驗中夢醒而已。這是最使人椎心痛苦的事。知己多麼難得。

泛泛之交當然去「知己」不可以道里計。不過，這種一般性的友情也不可輕視。人生總會有許多相識，許多伙伴，也需要許多朋友。品類繁複，各有所長，來自各種機緣，聚散親疏不可能永遠不變的種種友情，正是伴隨人生生活不可或缺的東西。或者因為共同的樂趣，共同的理想，共同的利益而成為朋友；或者因為鄉誼與宗親，同學與同事；或者因為彼此的需求，甚至某一奇緣巧遇，都可能建立友誼。如果不過分挑剔，不要奢求完美，這種種人間的友情，足可滋潤生命，排遣孤寂，獲得鼓舞與安慰，共享人情的溫馨。多樣性的友情，就是多方面力量、慰安與趣味的來源。同時也就是多面鏡子，可從各個角度看到我們自己的真相。友情的珍貴就在這些地方。對各種不同性質的朋友過分挑剔與奢求，常常是毀損友情的原因。如果我們忘記人人不相同，忘記我們自己也非常不完美，便很容易犯挑剔與奢求的毛病。而以為既有友情，便可直言無諱，其錯誤在於把友情當作知己。

知己幾乎是另一個自我。人生得一知己足矣。事實上絕大多數人的一生只有若干好朋友與眾多一般性的朋友。知己是可遇不可求的存在。「士為知己者死」。能生死相與，可見知己之稀罕。西方把夫妻比喻為兩個「一半」結合成一體；那麼，知己則是兩個「整全」重疊而相符。這樣說來，知己比夫婦更有資格稱為「天作之合」。如果既為知己，又成為夫婦，那更簡直是稀有動物，人間奇珍。

培根說向朋友傾訴心事會產生兩種相反的結果：可以使快樂加倍，也可以使憂愁減半。這實在也是友情的另一項了不起的價值。不過，許多人把友情誤作知己，告以個人私祕，沒料到他日疏離，變成心頭憂患。這時候便覺得防禦敵人的傷害比防禦朋友容易得多。

知己是心靈的共鳴，超越人世的利害與誘惑，而且不因世變而有絲毫動搖。親子之愛庶幾近之；但親子之愛不一定有心靈的共鳴。所以知己之難得遠在親情之上。尋覓知己跟與自己的影子對話一樣艱難。所以愛默生說，我們是世上孤獨的過客，所渴望的知己只在夢幻與寓言之中。梭羅更乾脆，他說，尋求朋友的人是不幸的，因為只有自己才是最忠實的朋友。

——原載八十二年六月二日《中國時報》

編者注

何懷碩〈說「知己」〉一文，屬說理散文，論知己之外，兼及諸多人性課題，堪稱一則「友情演義」。

作者以理性的態度，冷靜的筆調，反覆論證析理，先為「患難見真情」的通俗性看法翻案，認為共富貴其實比共患難為難，但最可貴者，則為「一貧一富，一失意一得意」，雙方際遇、背景懸殊，而仍能肝膽相照，友情毫不變質，方屬人間至高無上之交誼。

其次，知己誠然可貴，但畢竟可遇不可求，因而作者格外肯定「泛泛之交」在生命中的意義與價值，並不以輕貶態度視之。作者認為「多樣性的友情，就是多方面力量、慰安與趣味的來源，也是多面鏡子，可從各角度看到我們的真相」。只是人之通病，往往在於我們常「忘記人人不相同，忘記我們自己也非常不完美」，總是誤把友情作知己，過分挑剔苛求的結果，終致毀損友情。

由於知己委實難覓，因之作者最後引梭羅語作結，頗有反求諸己、靜待機緣之意。全文析理通透，諸多創見與新意，當頗有助於我們進行自我反省、釐清盲點，並以更理性成熟的態度面對周遭朋友，以更樸素平實的心情看待知己的出現。

財富與自由

欲望是很奇妙的東西，它不是順著直線前進，
而是可以隨時轉彎，處處比較。

／傅佩榮

作者簡介

一九五〇年生，上海市人，臺灣大學哲學研究所碩士，美國耶魯大學哲學博士。曾榮獲國家文藝獎、中正文化獎。現任臺灣大學哲學系教授、所長兼系主任。著有《四書小品》、《人生問卷》、《寫給年輕朋友》、《心靈風格》、《從自我出發》、《走向成功人生》等四十種著作。

人有無窮的欲望，所以難得快樂。英國文學家王爾德（O.Wild）說：「人生有兩種悲劇，一種是得不到我所要的；」這是佛教所說的「求不得，苦」，意思相同。但是，另一種呢？王爾德接著說：「是得到我所要的。」為什麼「得到」也是悲劇呢？

因為欲望是很奇妙的東西，它不是順著直線前進，而是可以隨時轉彎，處處比較，以致「得到」之後，才發現那不是自己所要的。「愛之欲其生，惡之欲其死」，愛惡之間的轉換，不可以常理來判斷。不僅如此，更多的人在「得到」之後，發現自己付出的代價太高，譬如：得到了財富，失去了青春或健康，豈非令人怨嘆！取捨之間，左右為難，人生實在滿辛苦的。

既然如此，何不設法「化解」欲望？化解的方法有二：一是宗教，二是哲學。

以宗教而言，虔誠的心意勝過一切。有趣的是，凡是擁有外在條件的，如財富、權力、地位、名聲，就會自以為有些依恃，無法放下身段，表現虔誠的心意。茲以二例說明。

筆者幼年看過一些電影，內容情節多已淡忘，始終印象深刻的則是以下所描寫的一幕。眾多佛教信徒，前往大廟祈禱。根據當地風俗，每人各攜一支蠟燭，點燃置於身旁，既可代表信心，又可大放光明，富者所備的蠟燭，甚為壯觀，贏得大家讚賞。貧者的蠟燭就乏善可陳了，只得找一角落安頓。眾人中有一寡婦，家中赤貧，所帶蠟燭細如絲，燭光亦模糊難辨。

有佛必有魔，有祈禱必有誘惑及考驗。魔鬼化做一陣狂風，呼呼聲中，越大的燭火越先熄滅，誠所謂「燭大先招風」。最後，一片漆黑之中，只有赤貧寡婦的小蠟燭偶然發出光明，因為她在虔心祈禱，再大的魔力也無可奈何。電影至此結束，不需奢談道理，已可扭轉觀眾對世間成就的看法。

另一例見於基督徒的《聖經》中。猶太人在安息日，群赴聖殿禱告，依例必須奉獻金錢，既可維持聖殿開銷，亦可表達個人心意。富者前呼後擁，在聖殿前投下大筆捐獻，眾人無不欣羨。有一窮寡婦畏畏縮縮趁眾人不注意時，低頭上前投下兩毛錢的奉獻。耶穌說話了。他說：「在天父面前，這個窮寡婦所捐的錢，比任何人的都多。」為什麼？因為虔誠的心意勝過一切。上帝對人的判斷，全在「誠」字，所以宗教不僅帶給所有的人希望，也警惕我們不可耽溺於世俗。

如此一來，欲望不再主導心靈，得到或得不到也就不再構成悲劇了。其次，哲學又能提供什麼藥方？

哲學建議我們以理性去了解人間規則，與其禁欲，不如順欲；就像大禹治水，疏導勝過圍堵。疏導須是雙向的：一、按照遊戲規則，以正當手段發揮個人才華，在社會上贏取成就，因為任何成就都有相對的貢獻在內。二、一旦獲得成就，必須予以超越，提升到心靈層次；說得更清楚一些，譬如賺得財富，不可成為守財奴，卻須以金錢為踏板，躍入心靈自由的世界。換言之，財富可以使人自由。

現代社會日漸富裕，與其宣揚安貧樂道，不如肯定「安富行道」。財富使人有能力行善，行善與否，要靠機緣；若想求得心靈自由，則財富可以立即發生效用。由於不虞匱乏，大家不再為五斗米折腰，不必做許多勉強的事。既然無所求，就可以無所待，然後開始品味人生，以審美的眼光取代功利實用的態度。如此一來，快樂就不再難以企及了。

然而，多少財富才能使人自由呢？這個問題也許沒有標準答案，但是一位羅馬哲人說：「致富的最佳途徑，即是輕視財富。」聽起來有些犬儒，其實含有至理。

——原載八十一年九月《聯合文學》

編者注

傅佩榮〈財富與自由〉一文，是一則説理小品，短短千餘字篇章，處理的卻是一個生命的大課題，但作者舉重若輕，夾議夾敘，以簡鍊明白的文字，既探索了金錢財富與心靈自由的關係，復剖析了欲望與快樂之間難以畫上等號的原因，説理明白，啟人深思。

文中，作者一再透過對人性的觀察與了解，建議為欲望所苦之人，不妨從宗教與哲學的領域中，去尋求自我的超越、人性的昇華，化解欲望，以期獲得真正的自由與快樂。

而不論宗教或哲學，作者也都暗示我們，不應耽溺於世俗的價值標準，卻應以對生命的虔誠和理性的態度為前導，去領航自己的人生。至於「安富行道」見解的提出，較諸傳統「安貧樂道」之觀點，不僅更見積極開拓，且亦更為符合當前社會環境與時代要求，格外具有意義。

全文彷若一方明礬，適足以沉澱人內在的雜質渣滓，故既是説理小品，也是饒具啟發性之勵志小品。

轉苦為樂二帖

／釋證嚴

「痛」要轉成痛快的感受，一下就過去了，假如將痛當作苦，那時間就難熬了。

作者簡介

一九三七年生於臺中清水，佛教慈濟功德會與慈濟護專創辦人，現任慈濟功德會會長與慈濟護專董事長。曾當選全國好人好事代表，並曾獲華夏一等獎章、吳三連基金會社會服務獎、菲律賓麥格塞塞社區領袖獎，且由內政部推薦角逐一九九三年諾貝爾和平獎。著有《清淨的智慧》、《證嚴法師靜思語》(一)、(二)等。

突破逆境的重圍

佛陀曾告訴弟子：「人生八苦，病苦為最」，無論是男女老幼，在病痛臨身時，總是萬般無奈，備受煎熬。

只要我人在花蓮，總會盡可能抽空到慈濟醫院探視病患。前幾日，我又到醫院去，在病房的走廊上，遇到一位坐在輪椅上的年輕小姐，志工剛由復健部推送她回病房。

見到我，她高興地說：「看到了，看到了！」我走過去，問道：「看到什麼？」她伸出一隻手，說：「看到師父了！」我握著她的手問：「你另一隻手呢？」她就縮回被我握著的手，用力扶抬另一隻手，原來她半身不能動彈——一個多月前，她騎機車和一輛轎車相撞，當時傷勢危急，被送進加護病房，如今命是撿回來了，但身體的功能卻只剩一半；剎那間的變化，帶給她如此大的創傷，她才二十一歲，原本大好的人生完全改觀，往後的日子將是多麼的苦厄艱難？不過，她非常樂觀，再度握著我的手時，她說：「好溫暖哦！」

我問：「以前見過我嗎？」她答：「沒有，不過，天天都在希望看到師父！」志工說：「她每天復健時都會哭。」我問她：「你為什麼哭呢？」她說：「很痛啊！」我安慰她要忍耐：「會痛就有恢復的希望啊！不痛才麻煩呢！每次痛的時候，你都應該歡喜承受，因為知道痛，表示你的手還有感覺，所以，你要有『痛快，痛快』的心念啊！」她說：「好！我會聽師父的話，也希望師父多保重自己，多照顧自己！」

我聽了覺得既感動又心酸，她自己半身無法動彈，卻還關心站在她面前，四肢健全、行動自如的人，在身心遭受如此巨大的折磨下，還能不忘表達內心深處的愛，這是一位多麼善良的女孩！

人生忙忙碌碌，世事幻化無常，誰能預知自己將會面對的遭遇和變故？每個人的面前都是一個「問號」，此去會諸事如意？還是逆境在前？這些是渺不可測的，所以，不必回想過去，也不必擔憂未來，最好的辦法是：盡心做好當下的本分事。過去的已經過去，而未來的發展如何？現在空想也是多餘，最重要的是守好「當下此刻」，當下此刻若做得好，就能安心無罣礙，心安無罣礙的情形下往前行，必是平安之道，因為，因、緣、果、報互為循環，種了歡喜的因，就會得歡喜的果，何懼坎坷之有呢？

心經有云：「心無罣礙，無罣礙故，無有恐怖，遠離顛倒夢想……」，為人若能守好當下此刻的心念，善盡本分，關愛待人，自然能夠心安自在，即使遇到災禍困阨，也會突破逆境，再度步上坦蕩的人生大道。

轉苦為樂

我常鼓勵到慈濟醫院就醫的患者：要有勇氣面對人生，病痛來時，就要勇於接受，不要常怨尤於「苦」，應用「苦」換「樂」，否則一味埋怨嘆苦一樣無法改變事實啊！還不如轉變心態自我鼓勵：「等將來復原後，一定要健康地面對社會，發揮生命功能。」

我曾在骨科病房看到一位才新婚不久，就因車禍而腳踝碎裂的年輕人，由於傷得非常嚴重，將來必須裝置義肢，在大家不斷的開導、安慰下，他總算解開了煩惱，轉苦惱為樂受。我問他：「換藥痛不痛？」他含笑回答：「師父說過嘛！痛就是痛，一下就過去了。」我很欣慰地告訴他：「對！『痛』要轉成痛快的感受，一下就過去了，假如將痛當作苦，那時間就難熬了！」

這位年輕人甚至告訴我：「碰到這次事件，我才對人生有另一種體悟，要發生什麼事，自己都無法預料，轉眼之間，就造成意想不到的傷害。」

我說：「這些是『人生無常』呀！不過，若是能在一番災難後，心理不殘缺，反過來還向其他傷患現身說法，那股力量非同小可。因為患者在遭受病痛時，身心皆苦，一般人在勸慰他們『看開、放鬆』時，他們會認為那是健康人在說風涼話，可是，你如果以一個病痛者的身分，有勇氣面對現實，在康復後回頭來鼓勵他們，病友們的感受就不同了。」

另外有一位患者，我問他：「你怎麼受傷的？」他說：「我在花蓮空軍機場工作，被斷掉的鋼索打到，兩隻腳都斷了。」他又說：「很感激師父，感激大家，能蓋這座好醫院，讓我及時得到治療；我也為家裡的妻小慶幸，假如那鋼索是打到頭或身體，我這輩子恐怕就完了。……此外，醫院裡的醫生和志工都對我很好，使我很感動，我發願從今開始要做好事，當好人！」

還有一位患者則是被殺傷的，我去看他時，他的傷勢已經穩定，他告訴我：「經由這次事故，讓我悟出不少人生道理。」原來他的一位朋友賭博輸了，向他借錢，他不借，對方就翻臉殺他；被殺後，在送醫的路上，他不斷地想：「自己這一生完了，要怎樣向父母、妻小交代呢？」他感激慈濟讓他撿回一條命。我對他說：「你很幸運，若是一刀扎進心臟，那就真的沒救了。事情既然已發生，就要把心放開，讓它過去，不要再去計較、報復。」他回答：「師父，我已經原諒他了，因為被他殺了這兩刀，我才發覺有那麼多人在關心我、愛我，出院後，我一定要做個有用的人，不要讓愛護我的人失望。」我想這就是「因禍得福」的人生，三十出頭的人，在受了短暫的皮肉之痛後，卻能撿回一顆完整純良的心。

我常說，身體的殘缺不算什麼，最怕心理的殘缺，不但對自己、對家庭，甚至對社會都會產生困擾，身體上些微的殘缺，有時反而可以變成造福人群的力量呀！

眼前的人、事、物，沒有一刻讓我們的心能離感受，若能以快樂的心境，去接受現前一切境界，就能轉苦為樂，另有一番成長！

——原載八十一年九月八日、十月六日《中華日報》

編者注

〈轉苦為樂〉一文中的二帖小品有一共同的主題，那便是都從佛家八苦中的「病苦」出發，來看人世無常，並且探討如何超越無常、掌握當下！

所謂無常，其實就是文中所言「每個人的面前都是一個問號」，人生充滿了不確定感！但證嚴法師引《心經》中的一段文字：「心無罣礙，無有恐怖，遠離顛倒夢想……」建議世人不妨以平常心看待無常，歡喜承受當下種種，全力投入，專注而為，必可突破逆境，轉苦為樂。

兩帖小品均由慈濟醫院中飽受痛苦折磨的病患，現身說法，別具說服力。而證嚴法師期勉世人以建設性的態度，化生命中的負數為正數，苦口婆心，其溫暖襟懷與積極入世的精神，尤令人感佩，堪稱文字功德。

路是無限的寬廣

年輕的時候，不必急著去批判世界、去承攬一切、去杯葛一切、去定義一切。

／廖輝英

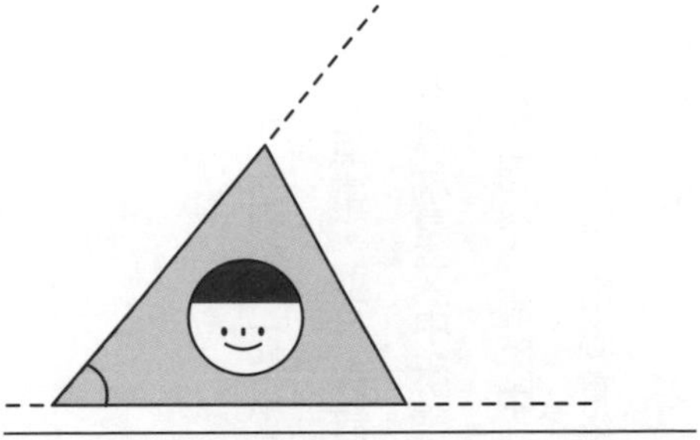

作者簡介

一九四八年生，臺灣臺中人，臺大中文系畢業。曾任職廣告、企管、建設公司等工商企業達十餘年，被譽為最佳創意人員及廣告界女強人。現專業寫作。曾以〈油麻菜籽〉獲第五屆時報文學獎短篇小說首獎，以〈不歸路〉獲聯合報中篇小說獎及金馬獎改編劇本獎。作品多部被改拍成電影及電視劇，著有《盲點》、《輾轉紅蓮》、《你是我的回憶》、《歲月的眼睛》等三十部作品。

不久以前，日本五位女中學生相約自殺，她們在死前先吃了迷幻藥，然後再集體跳樓。

這個消息非常血腥，不僅因為死者的年紀和人數，也因為他們尋死方式的慘烈。

報導分析，這些十多歲，猶如旭日東升充滿遠景的孩子，自殺求死只是因為「人生無趣」與課業壓力。

或許我不能用「只是」這樣的字眼，因為，對中學生而言，課業的壓力就足以壓垮他們的意志，使存在的世界變得毫無意義。

不過，如果將眼光放到大多數的中學生族群時，我們會發現，其實外在的壓力是一樣的，但施放到不同人的人身上去，自然產生大小有別的差異。換一句話說，生活的壓力對相似的族群而言，大約十分近似，仍有人受得了，有人受不了，而導致不同的行為反應。

我有位同學在某大專院校任教，寒假結束剛剛開學，她當導師那班的一位男同學，因為寒訓時受了委屈，回到學校，想不開，居然服毒自殺。毒藥開始在腹中所有通過的管道與器官焚燒，這孩子痛不可抑，他喝的雖是劇毒，可是不會馬上死亡。

自殺的孩子撥動電話向老師求救，在緊急送醫急救後，整整灼痛了兩周之久，他的求生意志因為極痛而復甦，不斷地向周圍的親友叫喊：「我不要死！我不要死！」然而還是死了。

孩子的母親在旁哭喊：「從小到大，你要什麼，我都給你！我這麼愛你，你怎麼忍心走呢？」

在場的每一個人，無不聞之鼻酸。

在生與死的拉鋸轉折過程中，他一定不斷交互面對著生與死，比較過生與死，最後發現自己實在沒有想死的強烈意圖，但卻採取了強烈的自殺手段。

許多求死輕生的人，其實在尋死時，都沒有足夠支持他去死的理由。只是他們採取的尋死手段，往往強烈到沒有讓他們反悔的餘地。

死亡，是不能抱著「試試看」的心情輕侮的。

死亡，是需要想了再想，用點時間和空間去延宕和沖淡它的，多想一點，結果必然不同。

想死的時候，不該先去想用什麼方法來結束生命，而該先想想：為什麼要死？值不值得去死？如果不死，又怎麼樣？

許多人都曾有過想死的念頭，上焉者用堅強的意志克服它；一般人，則採用變換時間、空間以及轉換心情的方式，來擺脫沮喪與挫折。

人的情緒，常隨環境和事務、人事而起伏變動，既然如此，除非有超人的涵養不為外物所動，不然，很少人身處群體社會，不受它的影響。許多怨恨、嗔痴、不甘、不平，種種挫折、壓力、屈辱，全由這些人情物事造就。

當感覺到自己再也撐持不下時，最好的方法，就是「離開一下」。

離開一下，意味著：換一份工作、離開一個族群、短暫的放逐自己、旅行、休息，甚至放棄既有的一切（其實不可能是一切，因為，一定還有一些不包括在內的，像尊嚴、自我疼惜等等）。總而言之，從熱戀的空間跳脫開，來到另個截然不同的環境，陌生的程度，會帶給當事人不同於以往的刺激，這種刺激將使一切顯得不一樣，有時會產生新的生命力。

爾後，隔著距離看回去，傷痛即使還是傷痛，但已不那麼劇烈，不會有致命的力量。

距離是一帖很好的潤滑劑，當傷痛畫過，距離使它滑行得容易一些。

沒有兩段相同的時間裡，我們的心情會完全一致。

時間流過，一切也會不同。

所以我們常勸人說，時間是最好的治療劑。

然而，用「時間」療傷，需要一段時間。

也就是，所有的痛苦，不會馬上不痛不苦；必須當事人忍得過、撐得住，有朝一日驀然回首，方才覺得雲淡風輕，一切都過去了。時間療傷，不是立時可取、立竿見影的，所以當事人應用點轉移的智慧和拉拔的力量來協助自己。

過去，有位念高二的小女孩寫信給我。她生長於一個不十分正常的家庭，母親因為家境較豐而盛氣凌人，父親則因對妻子手心向上，所以永遠活在妻子的氣焰下。但是，他卻又以外遇來彌補自己在家庭的弱點。

這女孩子顯然與父親較親，雖然氣父親在母親跟前永遠沒有個男人氣概，但她心底下卻是同情而支持父親的。

她的母親可能因家世好，所以較有野氣，天性不會主動關懷別人，甚至自己的子女，這位女學生與母親的關係，壞到「不是她死、就是我亡」的程度，她寫信給我的時候，正是她最低潮、徘徊在生死邊緣之際。

我寫信給她，自然講了一番「大道理」，但也給了幾點建議，第一，我希望她住到宿舍去，毋須捲入父母的戰爭之中。第二，我希望她最少一年半內，只管自己的事，只專心讀書，不要分心去注意父母之間的紛爭。最後，我有一個小小的期待，希望她讓時間使自己長大之後，再用長大的眼光和心情去回顧父母之間的種種。

兩年過去了，有一天我收到一封來自某大專院校外文系的來信，可說是一封感謝函，看了內容，我才慢慢回憶起那個女孩子。

兩年前，那煩惱的少女接受我的建議，搬到學校宿舍去，並且努力不去管父母之間的事，將心力全用在功課上。因此能在一年半內把荒廢的功課補回來，參加大專聯考，幸而得中。

現在，她看她父母，似乎也不像過去那般尖銳，她覺得母親「也滿可憐的」。

她已經擺脫了挫折、焦慮與憤怒的情緒，藉時間與空間的雙重距離，使自己安然走過危險的青春期，用較成熟的眼光來看這個世界。

有時，我們無法希望世界會為我們而改變，但我們可以改變自己，改變自己不是委曲求全，而是讓時空推廣，使自己更從容的準備好、去面對不同角度的人生。

年輕的時候，不必急著去批判世界、去承攬一切、去杯葛一切、去定義一切。我們可以一次選擇一種事物去全心對付，像功課。把這目前唯一的一項伺候好，過一段時間，你會覺得，有些壓力其實不是壓力，當你不在乎它的時候，或當你已不在那關卡上時。

人生，有時像策馬入黑森林，低眉埋頭、一心一意只做這件事，出了森林之後，路就無限寬廣了。

——原載八十二年三月七日《聯合報》

編者注

廖輝英〈路是無限的寬廣〉一文，是一篇典型的勵志作品。作者以擁抱生活的熱情、冷靜思索生命意義的理性，既推衍出「死亡是不能抱著試試看的心情輕侮的，死亡是需要想了再想，以時間和空間去延宕和沖淡它」的見解，同時，也點出全文的主題，乃在於期勉青春族群，給自己足夠寬綽的餘裕——「年輕的時候，不必急著去批判世界、去承攬一切、去杯葛一切、去定義一切。」

——不同於小說的鋪敘演義，這應是作者累積、凝聚了無數人生經驗與智慧之後的心得直陳，圓融通達，意義非凡。

尤其可貴的是，作者不僅指出輕生之不足取，且更進一步就如何突破困挫、轉折心境、跨越情緒低潮等作法，提出實際的建議，諸如——暫時離開負面情境，「讓時空推演，使自己更從容地準備好，去面對不同角度的人生」等。

這是一種健康取向、積極取向、智慧取向，甚至快樂取向的生活態度，饒具說服力，亦頗富啟發性。全文出以素直的文字，關懷的口吻，侃侃說理，值得銘記在心。

呷一句陶淵明，免錢！

照我看，人類分兩種：念過詩的，和沒有念過詩的。

／張曉風

作者簡介

一九四一年生，江蘇銅山人，東吳大學中文系畢業。曾獲中山文藝獎、國家文藝獎，並當選十大傑出女青年。著有散文集《地毯的那一端》、《步下紅毯之後》、《愁鄉石》、《黑紗》、《你還沒有愛過》、《再生緣》、《我在》、《從你美麗的流域》、《玉想》等；雜文集《幽默五十三號》、《通菜與通婚》等，並主編《中華現代文學大系》散文卷。

楔子

年輕人！他們叫你「少年底」，他們叫你「新人類」，他們叫你「帥哥」或「靚妹」——

但是，照我看，人類分兩種：

念過詩的，和，沒有念過詩的。

你是那一種？

◎

我現在先請你試吃一句陶淵明，你如果喜歡就去書局買一本《陶淵明集》。不讀陶淵明，人生就會損失掉許多東西，至於損失了什麼，你去讀就知道了——

我要請你試吃的一句是：

「園日涉以成趣」

這句話，照字面翻譯就是：

「我家小園，深得佳趣，但它何以有此佳趣呢？那是因為我天天都去走一圈的緣故。」

這樣的句子，一點也不漂亮，它究竟有什麼好處呢？且聽我把它跟現代人的生活連線起來：

前兩天偶然在路旁看到一輛貨車在運送盆景，原來是家「盆景出租」店。我好奇，跑去問司機生意好不好，他說：「當然好啦，現代人麼，好命，查某人不煮飯，買便當來吃，查甫人開公司，誰要種盆景？公司小姐一個比一個『笨憚』，誰肯去澆水？誰肯搬盆景去曝日？盆景給他們放一個禮拜就變黃黃。我們拿回來，好好整理，加點肥，晒一晒，又水噹噹了。再拿去給他們排，現在人做生意麼，圖個吉利。盆景長得好，也代表可以發財的意思哩！」

原來如此，陶淵明說「園日涉以成趣」的時代對某些人而言竟然過去了，現代人不想跟一株植物的生命一起成長，他只要亮麗的一刻，他只要翠綠翠綠的那一瞥。

而陶淵明的小園，其好，好在哪裡呢？答案是好在每日每日涉足其間才養成的趣味。你看到小小的種子竄地而生，有模有樣的變成兩片小芽，復從小芽而抽條。於是你看到葉子，你看到枝幹，你驚訝它的分叉，你為它從含苞盛放的過程而瞠目結舌而不敢置信。然後，你看到它綠葉成蔭果實滿枝。秋來的時候，你看見它的凋零，甚至它的枝幹可能還遭了雷劈，它的沃葉也可能遭了蟲蛀，那棵樹的枯榮是園主熟知的，他們彼此逐日更成為對方生命的一部分。他們一起走過豔紅稠綠，但也一起面對萎黃零落，因而了解生命的盛衰各有其時。不料現代人卻驕侈如君王，竟然狂妄到令植物打扮光鮮來為自己站崗。累了就撤下去，換另一批上來繼續站。盆景公司因而業務鼎盛，只因現代人尊貴的視網膜上，永遠不屑一枚枯葉。

然而，枯葉卻是生命的基本教材啊；和蓓蕾一樣，它是造物者的上下兩冊教材啊！

你要貪看繁花似錦的名園嗎？這世界會提供給你的。四月的瑞卻斯特，富豪伊士曼的故居，丁香如狂潮。日本京都的平安神宮，垂櫻以壓倒的優勢，開到令人喘不過氣來。洛陽的牡丹，碩大頑強，一看就知道是唯一敢抗天顏因而遭貶的叛逆分子（傳說武則天曾命百花齊放，唯牡丹不從命，故將之自長安御苑貶至洛陽），加州的漢廷頓花園，甚至養些無奇不有的嚇人一跳的沙漠怪花。英國皇家上苑，則負責提供營養良好的代表皇室榮譽的玫瑰……只要一張門票，你就可以置身於不雜一根枯枝不見一片敗絮的完美花園。

然而，人活著，還是應該擁有一座自己的小園，可以每日涉足其間。和那些賣門票的展覽花園不同，它可能雜草怒生，也可能蟲害連連。它豐收無限美麗，也可能徒勞無功。它充滿各種變數，屬於生命本身的變數。

小園可以小至只是一缽非洲鳳仙，或一籃賤價的黃金葛，但其間自有盛衰榮枯，所以，多少也可以視作大化頒給我們的一句耳提面命。

「園日涉以成趣」，不是因為花好月圓，是因園中有生命，是因為生命時時刻刻分分秒秒在展示在演繹，在迭出奇招——而且，也因為我在看，我在參與，我在驚奇，我在受教，我在服氣。

——喂！這樣的陶淵明還不賴吧？趁這個暑假和陶淵明交個朋友如何？

——原載八十二年七月十九日《聯合報》

編者注

張曉風〈呷一句陶淵明，免錢！〉一文，有一個活潑醒目的題目。這是應《聯合報》副刊之邀，為青少年推薦暑期讀物而撰寫的篇章。

作者引陶淵明〈歸去來辭〉中的一個斷句為例，一方面以現代經驗詮釋古典章句，另方面也以古典章句精義批判現代生活、以及現代人但求結果卻輕忽過程的功利心態，最終復歸結至鼓勵青少年親近古典文學作品的主題上，語重心長、熱情可感，對現代人疏離自然，以及性靈生活貧瘠之現象，有多層次的反省。

有趣的是，作者以詩生活之有無，將世間人大別為「念過詩的，和沒有念過詩的」兩種。雖然這兩種人在人格價值與尊嚴上並無不同，但在人生意境上卻可能有很大的差異。所以作者更進一步告訴我們：「不讀陶淵明，人生就會損失掉許多東西。」至於損失什麼？——在文章其後的鋪敘推演中，作者實已暗示我們，所損失者，乃無可取代的美學激盪、自我教育，與昇華性靈的機會。

因此，就在「園日涉以成趣」的曼妙演義中，身為讀者，我們不僅完成了「免費試吃一句陶淵明」的全部過程，同時也經由這過程而領悟出如下之心得——

親近詩、親近陶淵明、親近古典文學，乃是為了提升我們的人生境界、生活品質、豐富我們的生命層次。

從這樣的角度來看，於是，作為一個散文題目——「呷一句陶淵明，免錢！」固然俏皮有趣、活潑醒目，但更值得我們注意的，卻是這其中所隱含的善意叮嚀，與熱烈誠懇的提醒啊！

以一顆溫柔的心為槳……

有書相伴的人生，何等幸福！

／陳幸蕙

作者簡介

一九五三年生，漢口市人。臺大中文碩士，曾任教職。作品選入國中國文課本四、六冊及高職國文課本。曾獲中山文藝獎、中國時報文學獎、五四文藝獎章、當選第十三屆十大傑出女青年等。現專業寫作。著有《陳幸蕙極短篇》、《與你深情相遇》、《現代女性的四個大夢》、《青少年的四個大夢》等。

手頭書。

案頭書。

床頭書。

心頭書。

如果以書的性質和閱讀地點來做區隔，通常，我們可以把書粗分為這四類。

手頭書，一般而言，都是比較輕鬆的讀物，是可以隨時拿起、隨時放下，隨時進入、隨時離開，也並不影響閱讀效果的書，很適合我們在等人、等車、等候排隊……的瑣碎時光中閱讀——

例如金庸的武俠小說、淺近的散文、詩集、遊記、哲理小品、極短篇、時事評論、實用類書籍，甚至賞心悅目的食譜，以及《讀者文摘》之類的雜誌等，都是。

如果隨時在我們外出的包包或坐車內放上一本，除了可以讓人享受點滴的閱讀之樂外，還可以排遣許多無聊生悶的零星時光。

案頭書，則是比較嚴肅、厚重或艱深的書，與手頭書剛好相反，它需要我們以求知的態度去面對，因此只宜正襟危坐、全神貫注去讀——

工具書、專業性書籍，或者像史記這樣的經典級作品，便是典型的案頭書。另外，資料性書籍，例如百科全書，乃至《唐詩三百首》、《古文觀止》這類「國民叢書」，對現代人而言，也都算案頭書。

案頭書的閱讀，屬於「次第讀」和「查詢讀」的層次，需要「紀律」，這點，和手頭書的閱讀依靠「興趣」，純粹是一種「隨緣讀」不同；也許讀來確實比較辛苦，但相對地，卻也往往使人得到較扎實的精神營養與「重量級」的心靈收穫。

至於床頭書，其「難易度」與「嚴肅性」則恰介於「手頭書」和「案頭書」之間——我們希望專心去讀，但閱讀時的心情卻又沒有那麼「緊繃」——例如：《水滸》、《西遊》、《紅樓》。例如：《查泰萊夫人的情人》、《飄》、《泰戈爾詩集》。例如：《沈從文自傳》、《鴻——三代中國女人的故事》等，都是。

床頭書其實並不一定只在床頭閱讀，只要我們安閒地在椅上、燈下、窗前，或旅程中展卷，能隨著閱讀時光的消逝，漸湧生一種「啊！有書相伴的人生，何等幸福！」的充實感，那麼，這樣的書便都可畫入床頭書的大範圍內。

當然，具有治療性效果的書，也可算床頭書。因此，有些人枕畔所鄭重擺置的，便是《證嚴法師靜思語》，或是《荒漠甘泉》、《聖經》等既莊嚴又親切的書。

至於心頭書，則通常是在我們生命中，具有比較神聖地位或特殊意義的書。

對許多人來說，也許是童年時啟蒙了閱讀興趣的《格林童話》、《安徒生童話》這類「首航書」。

也許是懸疑機智、讓人廢寢忘食、愛不釋手的《亞森・羅蘋全集》、《福爾摩斯探案》系列。

或者，也許是喚醒了我們對世界探索熱情的《金銀島》、《三劍客》、《鐘樓怪人》、《窗邊的小荳荳》等豐富雋永的作品。

另外，有些書使人一夕之間成長，例如《史懷哲自傳》。

有些書使人頓悟人生，例如《約翰克利斯多夫》。

有些書甚至改變了歷史，例如林肯所讀的《湯姆叔叔的小屋》……

毫無疑義，這些與人結下特殊書緣，終此一生令人難以忘情的作品，都是心頭書。

心頭書，是收藏在我們記憶中的書。

也許它從不列名人間書籍的排行榜，但就我們個人生命而言，卻具有無可取代的地位和意義。

通常，除了案頭書與心頭書比較固定外，一般而言，手頭書與床頭書，「流動性」較高。

但這都無妨。

其實，若論及閱讀地點，只要我們真有一顆與書親近的心、一分閱讀的熱情，那麼，不論是坐飛機身處幾萬尺高空，或是染微恙靜候於醫院待診室內，一卷在手，天下之大，無一不是理想的閱讀地點。

曾經，曾國藩在家書中告訴他四弟：

「苟能奮發自立，則家塾可讀書，即曠野之地，熱鬧之場，亦可讀書。苟不能奮發自立，則家塾不宜讀書，即清靜之鄉，神仙之境，亦不能讀書。」

「奮發自立」，如果不那麼道學，卻說得浪漫些，便是一顆與書親近的心。樂意與書親近的心，常都是一顆溫柔的心。

而書海茫茫，以這樣一顆溫柔的心為槳，縱一葦所如，親愛的男孩女孩，你的手頭書、案頭書、床頭書、心頭書，各是什麼呢？

——原載八十二年六月十日《聯合報》

編者注

〈以一顆溫柔的心為槳……〉是一篇和青少年談閱讀的文章。

作者將世間圖書，依性質和閱讀地點的不同，粗分為手頭書、案頭書、床頭書、心頭書四種，希望可以帶動青少年去檢視自己的閱讀生活與內容。

作者認為「樂意與書親近的心，常都是一顆溫柔的心」，雖然書海茫茫，令人望洋興嘆，但一顆樂意與書親近的心，卻是一支可以划出方向與具體航程的槳，使人能縱一葦所如，凌萬頃茫然，並進而結晶出「有書相伴的人生，何等幸福！」的心得來。

全文雖由閱讀場所與情境談起，但作者的結論卻是「一卷在手，天下之大，無一不是理想的閱讀地點」，換言之，閱讀與客觀環境無關，卻與我們的主觀意識與態度有關。

「做一個快樂的書香青少年」是作者對青少年的呼籲，在此主題籠罩下，因此，這正是一篇鼓勵青少年建立書香生活的篇章。

蘇州筆記

／吳敏顯

蘇州是一幅非常正統的水彩畫，縱使裝在畫框裡，仍不時有水分要渲染開，要滴淌下來。世界上再也沒有一個城市，能為街巷取那麼多好聽好記的名字。除了蘇州，一定不容易找到。

作者簡介

一九四四年生，臺灣宜蘭人。曾任宜蘭高中教師、《聯合報》萬象版主編。曾獲中國文藝協會散文類文藝獎章、國軍文藝金像獎。著有散文集《靈秀之鄉》、《青草地》等。

絲調的感覺

到了蘇州，所有的感覺都像用手撫摸著絲綢的細膩。柔柔的雲天，安靜的麻石巷道，傍著上了油彩一般的河水。我還認為，蘇州是一幅非常正統的水彩畫，縱使裝在畫框裡，仍不時有水分要渲染開，要滴淌下來。

早晨六點多鐘，天色濛濛亮。我向飯店借到一把紅色的傘，順著附近一條小河邊的巷道散步。

這巷子有著好聽的名字叫「滾繡坊」，巷道和小河有時會被一些矮小的房子阻隔。而隔著小河，另一岸即是常令觀光客留連忘返的十全街，整排賣字畫、茶具、絲巾的房子背後，和尋常民家一樣，到處都設有能夠朝外推開的後窗。小河兩岸的住戶，彼此可以隔河聊天。

在滾繡坊這邊，我是第一次走過，清晨太早，很多住戶尚未開門，不曉得做何營生。有一家開著窗子的，是做麵條的小店。

我順著石塊鋪成的巷道漫步，經過青石弄、朱進士巷、水仙弄，再穿過上班人潮的鳳凰街，進入帶城橋下塘，另一條沿海巷弄。

路上我看到兩口古井，用石塊砌著井欄。其中一口井的欄石上還雕著古雅的圖案，另一口井刻注著「光緒戊申年」，還有它的名字「流芳井」。

流芳井附近有座石砌的小拱橋跨過小河，稱做「船場橋」，幾根橋欄望柱上，一一蹲踞著石獅子，古色古香的。我走近細瞧，橋頭上刻著一九八三年。

有人用人力車拉著八、九個鼓形的褐色容器，到小河邊一處空地，我看著他一個個掀開容器蓋子，把裡面的東西倒進地面的一個圓洞裡，才知道是蘇州人早上倒馬桶。

我站在上風處，沒聞到異味，卻懷疑那個圓洞可能通往河裡。小河景致看來很美麗，河水卻不乾淨，常有一些垃圾或青苔等，在水面漂浮。

經過「織造署」舊址，碎石鋪的小廣場對著小巷，門口鎮守的兩隻老石獅，右邊的臉部已漫漶，左邊那邊從底座折斷，趴倒在地上。

有個老婦人，沒帶雨具，只在頭上搭著一條毛巾，蹲在一條弄子口賣活田雞。田雞被用細繩子綁住一條腿，約十隻綁成一串，每一隻都想逃，蹦跳的方向不一致，結果誰也動彈不得。田雞的大小像孿生兄弟，老婦人說，鄉下河裡很多，她是從河裡捉的，不是養殖的。

我請她允許我拍照，她卻避到一邊，指著地上和竹籃旁的田雞讓我拍。我徵詢是否連人一塊攝入鏡頭？她嚇得朝弄子裡退了好幾步，說自己又老又醜。我立刻收起相機，看她繼續做生意。

後來我又看到一隻孤零零的石獅子，牠站在牆角，像一個迷路走失的小孩，雨水從頭上落下，淋溼了頭髮，也淋溼了牠的胸、背和腳爪。

窺探的天空

我住的飯店，離街道有一段距離，感覺自己住處的四周是很大一座園林，房舍被高高低低的樹林，手牽手的圍在中間。

夜裡沒市聲，靜悄悄的。細雨落在樹葉上的聲音，是天地唯一剩下的聲響。

早起下樓之前，從飯店後側四樓的窗口，朝下看去，才發現有一些民宅屋頂，在底下擠來擠去，有點像畫報上的迷宮。

不知道那些矮屋下的居民，已經外出或是尚未睡醒。我盯著幾塊空間有限的天井，很久都瞧不到人影，倒是有一隻早起的小貓，站在屋簷下猶豫著要不要出門。幾只鋁質和塑膠臉盆，靠在牆角，等候主人差遣。

屋頂一律用彎彎的黑色瓦片覆蓋，一片緊貼一片，黑瓦片之間隱約透著一些不知是燒過了火候，還是不足的色澤，或是因雨水、因天光的折射，使黑瓦泛著紅的、藍的、綠的，甚至形容不出顏色的光澤，煞是好看。

有些屋頂，還在密鱗鱗的瓦片之中，開設一些玻璃天窗，讓太陽、月亮和白雲、雨雪，都可以藉著這口天窗窺探屋裡的動靜。

我在雨後學樣，竟只看到那天窗像一面鏡子，映著白亮亮的天空。

到蘇州賣鴨蛋

我對蘇州最初的想像，不是從課本來的。宜蘭鄉下人說人死了，再也見不著這個人的身影，就說他「到蘇州賣鴨蛋！」

小時候，曾傻傻的問大人，隔壁從樓梯上跌下的阿火叔所去的「蘇州」在哪裡？他是做平西餅的師傅，且走起路來一腳長一腳短的不挺方便，為什麼要去賣鴨蛋？大人們只說，蘇州是很遠很遠的地方，用手指也指不到的地方。

我當時想，那一定比天邊還遠！

事隔幾十年後的某一個夏天，我真的坐在南京開往蘇州的火車上。鐵路兩旁種了許多樣子像寶塔那麼漂亮的杉樹，從樹林的空隙望出去，青綠的田野像臺灣鄉間，矮矮的山丘前點綴著高瘦的農舍，農舍式樣與各地不同。

白牆黑瓦的農舍，宛如從版畫畫冊上剪下來的圖幅。屋頂的脊梁上，分別騎著小小的翹翅，有個朋友不知從那兒聽說的，說那一對翹翅代表一房家人，如果是三兄弟同住一個屋簷下，屋脊上便會安上三對翹翅。

春天才走過這條路的朋友介紹說，三、四月田野裡遍地是黃色菜花，一路泛漫成花海，一直美麗到天邊。我沒有那樣的眼福，不過，每當夾起餐桌上那一棵棵鮮嫩的青菜，眼前彷彿就有一幅遍地黃色菜花，美麗到天邊的景致。心裡總猜想，餐盤盛的青菜正是春天那些花籽撒播的。

火車經過的田野，有幾處池塘。有人坐著大木盆當船駛，在池塘裡採菱角。火車從池塘附近駛過，並未驚動採菱人。

當我走出蘇州火車站時，收票口牆邊，放著好幾簍滾著紅泥的鹹鴨蛋。不禁脫口而出，喊著，嘿！真的有人在蘇州賣鴨蛋哩！說得同伴愣頭愣腦的。

黃昏時刻，我去參觀拙政園，等著穿越馬路，在腳踏車陣中瞥見三個挑著扁竹簍的農人。一個緊跟一個，快步的走著，竹簍隨著挑擔的步伐，有節奏地前後晃動，黃絨毛的雛鴨伸縮有致的從竹編扁簍的洞孔中探頭。

其中有一個身影，很像兒時記憶中的阿火叔。可是這個人走路姿態和步伐都很順溜，竟然不會一跛一跛的。

街巷的名字

我想，世界上再也沒有一個城市，能為街巷取那麼多好聽好記的名字。

除了蘇州，一定不容易找到。

我想，有權力為都市街巷命名的大官，走在蘇州的街道上，甚至只要攤開蘇州的街道圖，都應該心生慚愧。

這座具有二千五百年歷史的城市，到底經過多少官員統治，恐怕難以計數；而幾乎所有的街巷，迄今仍能留下它們古老的乳名，簡直像奇蹟。如果有人要探討，為什麼歷代會有那麼多的士族、商賈，願意在蘇州營造第宅林園，為中國人留下文化瑰寶，可不要忘了把蘇州的街巷能一直保存著古老的名字，列為原因之一。

在大陸的城鎮裡看到解放路、躍進路、工農兵路、人民路、東方紅大街等，和在臺灣看到的中正路、復興路、光復路、復國巷等一樣多。大概只有蘇州算例外。

從蘇州火車站左前方，由北而南深入蘇州城裡的人民路，大概是唯一具有「現代意識」名字的道路。它且用麻石板在地上鋪成人字，看來相當豪華。這應當是蘇州路面最寬、商店最現代化的一條路，但依我看，它和名字一樣，不算是最美麗的一條路。

蘇州市區裡其他的街巷不寬暢，卻每一條都古色古香，都有著美麗的名字。只需順手抄錄下來，它們便宛如湖泊裡的珍珠，輕易地穿成閃亮的珠串。

像是繡線巷、水潭巷、念珠巷、三多巷、彈子巷、王洗馬巷、張果老巷、金獅巷、因果巷、斑竹巷、鐵瓶巷、大儒巷、書院巷、店家巷、丁香巷、瓣蓮巷、槐樹巷、大井巷、醋庫巷、大郎橋巷、三茅觀巷、曹胡徐巷……，每一個名字都教人遐思讚嘆。其中，東百花巷還斜對著西百花巷，東美巷和西美巷併排，大柳枝巷則連著小柳枝巷。

另外，像是石匠昇、太監昇、鵲橋弄、官舍弄、石幢弄、桃花橋弄、梅家橋弄、葉家弄、沈衙弄、地方弄等，也都是一些好聽好記的名字。

在唐伯虎和秋香居住過的桃花塢大街附近，有一條南北向的流水兩岸，一邊叫河東巷，一邊叫河西巷，不知和「十年河東，十年河西」的典故有什麼關係？我找不到人能給我正確的答案。

而在離怡園不遠的地方，有條叫花街巷，隔著的便是柳巷。這個花街和柳巷，和成語裡的「花街柳巷」有無瓜葛？一時也沒能找到人問個清楚。更有趣的是，花街巷的兩端，分別通往幽蘭巷和富郎中巷；柳巷則一頭連著廟堂巷，一頭接著大石頭巷。

記得曾有一本書上記載，說非洲的馬塞族人，從他們歷代居住的老家，遷移到保護區的時候，除了帶走財物，就是帶走故鄉山脈、河流、平原的名字，為新居的山脈、河流和平原，取相同的名字。

中國人一旦改朝換代，甚至只更換個官吏，就可以大筆一揮，隨便改個地名、路名或橋名。看來，我們有很多人比非洲的土人，還不懂得痛惜自己所擁有的美麗過去。

如果到了蘇州，任何人都應該去讀一讀那些街巷的名字。

寒山寺的鐘聲

「月落烏啼霜滿天，江楓漁火對愁眠；姑蘇城外寒山寺，夜半鐘聲到客船。」

一千二百多年前，一個赴京應試落第的書生，在京杭大運河的船上觸景賦詩，使寒山寺名揚中外。任何人到了蘇州，若是不到寒山寺，必定會懊惱自己白跑一趟蘇州。

我兩次到蘇州，都到寒山寺。

第一次買票排隊，登上寒山寺的鐘樓撞鐘。寺裡的人說，用那木杜把銅鐘撞得越響，使鐘聲傳得越遠，不但自己的福氣越大，更能使父母越長壽；據說，日本人最信，還特別選農曆年除夕，到寒山寺撞鐘和聆聽鐘聲，說是聽了一百零八下鐘聲，就可以除去一年之中的一百零八個煩惱，同時增長新的智慧。

第二次到寒山寺，特別冒著大雨，沿著寺前河邊道路，找到楓橋和鐵鈴關，相傳那是「楓橋夜泊」詩中描述的泊船之處。

寒山寺在蘇州市的地圖西側邊緣，兩次去，車子都沿著河邊行駛，有時拐彎繞進巷道，很快又會有河流靠攏過來，教人弄不清楚它是不是同一條水道。

先映進眼簾的，是石砌的江村橋，拱得高高的半圓橋洞，在河水倒映下，正好連接成一個滿圓。在橋洞那一頭，可以通往楓橋和鐵鈴關；靠近公路這一端，河面寬闊，聚集了一大批載滿乾稻草的平底船。我兩次到寒山寺間隔有一年，所看到的稻草船聚集景致，都很相似，不知道是否同一批船隻。

在江村橋前的空地上，正是許多風景畫冊上所見到的熟悉鏡頭，寒山寺那黃豔豔的照壁，就豎立那兒。

照壁那種刺眼的黃，漆在哪個地方，都會讓人覺得豔俗，只有刷在寒山寺的照壁上，才不教人有這種感覺。

讀歷史可以讓人明真相，有時卻也令人傷感。在蘇州園林管理局編印的書中說，寒山寺是明朝重建的，鐵鈴關也是明代抵抗倭寇水路竄擾蘇州城所建的敵樓，目前且是唯一倖存的一座。至於楓橋和江村橋，則是清朝重建後留下來的；寒山寺的鐘，更非當年的鐘，鐘聲當然不會是唐朝那個落第書生張繼，在夜泊船上所聽到的鐘聲。

但無論如何，人們還是幸運的，從詩冊中響起的鐘聲，似乎不曾間斷的在耳畔響著，永遠是那麼深越清遠。

走進寒山寺或站在楓橋上，固然如此；在任何用手指都指不到的地方，也是如此。

雨越下越大，使來往寒山寺的路上，處處汪著水窪。有些水窪裡，還泡著鬆散的牛糞或馬糞，黃花花的間雜些未被消化的草料纖維。我穿短褲涼鞋，便不迴避，甚至故意踩進那泡著獸糞的水窪裡，換回一些兒時臺灣鄉居的樂趣。

——原載八十二年九月十九日《中國時報》

編者注

〈蘇州筆記〉是一篇充滿波光水影、令人發思古之幽情的文章。作者吳敏顯充分掌握了蘇州水鄉的特色，以細緻婉約之筆，為我們呈現了一幅淡彩的蘇州風情畫。全文近似報導，但比報導更多了幾分雍容的感性、文學性，和正宗散文才有的抒情、寫景性格，因此是一帖非常詩情畫意的篇章，正合描寫蘇州這個詩情畫意的地方。

在作者的工筆勾勒下，蘇州予人的感覺是安靜的、優雅的、浪漫的、古色古香的，但也是相當農業社會的，或令人微感驚詫的——例如小河裡倒馬桶的一段。但由於蘇州長遠深厚的人文背景——例如她的園林建築，她美麗典雅、好聽好記的街巷名稱，以及那響了一千兩百年猶迴盪在我們心中的寒山寺鐘聲——因此，蘇州，畢竟還是一個教人流連思念的城市。

作者的蘇州印象記，便是在筆尖沾帶著這樣的情感之下，一路寫來。五個附加小標題的段落，素描蘇州城裡城外，不論是由石板路到菜花田，由滾繡坊到寒山寺，遂也都成了「宛如從版畫畫冊上剪下來的圖幅」。總之，吳敏顯的〈蘇州筆記〉，堪稱「從一個臺灣人的觀點看蘇州」，筆記墨痕如新，而在他的彩筆導覽之下，蘇州離我們，似乎也不那麼渺遠神祕了。

牠們哪裡去了？（節選）

記二十年來在我家附近消失的動物

／徐仁修

作者簡介

一九四六年生，臺灣新竹人，屏東農專畢業，曾任駐尼加拉瓜農業技師。現專事自由寫作攝影，曾深入中美、菲律賓、泰北、婆羅洲等雨林探險。著有報導文學《月落蠻荒》、《金三角鴉片之旅》、《不要跟我說再見　臺灣》、《赤道無風》及小說集《家在九芎林》、《叢林夜雨》等。

蛇

餵飽雞群鴨群，然後將牠們趕進雞舍鴨舍是我童年時的例行工作之一。

一天傍晚，我從鴨舍回身出來，在昏暗中聽見離我約一公尺遠的竹籬下，傳來短促的噴氣聲，那聲音像是番鴨的聲音。我趕忙蹲下來，準備把牠逮住送回鴨舍裡，如果漏了這隻番鴨，會被母親責怪我貪玩、沒責任。若萬一因此被石虎或野狗吃掉，那我很可能要挨打了，因此，無論如何，我必須抓住牠。

因為光線已十分幽暗，我看不清楚竹籬笆下的景物，所以我蹲爬著，同時探頭前伸，以便看清鴨子的位置。

我沒有看見鴨子，卻看見一個奇怪的東西，像一根短棒豎在那裡，我猜不透是什麼東西，因此又向前爬了一點，最後我終於看清楚，可是我卻嚇得呆住了，因為那是一條脖子鼓得扁扁大大的眼鏡蛇，兩眼正冷冷地盯著我，離我的鼻尖只有三、四十公分遠。

我們就這樣相互注視著，也不知過了多久，牠忽然身子一矮，從竹籬笆的間隙滑走了，我想牠大概把我當成狗吧！因為我當時的姿勢跟狗沒啥兩樣，而蛇通常會避開狗。後來我有一陣子常做遭蛇攻擊的惡夢。

堂哥養了一隻珠頸斑鳩，鳥籠就掛在屋簷下。晴天裡牠常點著頭啁啾鳴叫，一聲接著一聲，煞是有趣，我也常幫堂哥到豆圃裡偷拔一點落花生來餵牠。

有一天清晨，我起得特別早，天剛剛亮，我仍如往常一般，蹲在屋簷下刷牙。我發現頭上的鳥籠一直搖擺不停，我覺得奇怪，這無風的夏日早晨，鳥籠怎會搖擺個不休？

我站了起來，發現斑鳩不見了，再細看，有一條又粗又長的蛇，從屋頂伸下來，頭仍在鳥籠裡。顯然牠在吞下斑鳩之後，脖子變粗了，以致無法退出鳥籠而卡在那裡。祖父說是臭青公，會噴出一種很臭的液體來臭走敵人，是一個很有名的偷蛋賊，常常把整窩的雞蛋吞下，然後爬到樹上，抱著枝幹把吞下的蛋壓破，再把蛋殼吐出來。所以鄉下的人發現蛋被偷食之後，常常把蛋塞入橫豎雜陳的鐵釘，等臭青公吞下去再壓破蛋時，就會被鐵釘扎死。

一個秋日午後，我和堂弟從頭前溪遊蕩回家途中，經過小土地廟時，看見那個常在九芎林街上行乞的中年人，他平常走路時總是一拐一拐，慢吞吞的，在街上乞食時，甚至一家一店地爬行。此刻他就在小土地廟旁那棵正落葉的苦楝樹下沉睡，他著了一件破了幾個洞的黑長褲。因為他的腳弓起來，而把破口張得大大的，我們差不多可以看到他的胯下，尤其是秋日的金陽穿過稀疏的苦楝枝葉，正照在他褲子的破洞上，好似聚光燈把主角特別凸顯出來似的。

突然，我發現緊挨著破洞下有一團黑白相間的帶子，在他伸腿時，竟然曲動起來，再仔細一看，竟然是一條比腳拇指還粗的雨傘節，緊靠著他的大腿取暖。

我和堂弟一時不知該怎麼辦，因為雨傘節是臺灣咬死最多人的毒蛇，我們不知道要如何來拯救這個可憐的乞丐。

我想了片刻之後，還是決定叫醒他，免得他一翻身，壓到了死神。但我也知道，叫醒他卻不能嚇著他，否則他一受驚，很可能弄巧成拙，反而害死了他。

我叫了許久，他才半瞇著眼冷冷看了我們一下，我原本要鎮靜地，慢慢地告訴他：有一條雨傘節就挨著他的右大腿，可是我那小我一歲的堂弟卻忍不住大聲地指著他的腿說：「毒蛇！」

他半信半疑地彎舉脖子朝下看去，突然他大叫一聲，整個身子往後彈挪、蹦跳起立，然後快速地跑開。

現在令我們吃驚的不是蛇，而是原本為瘸子的乞丐，現在卻好手好腳地跑起來……。

此後我們沒有人再看過他，而近十年來，父親也沒有在上山村看見過雨傘節。這許多年來，在我家附近絕跡的蛇有：眼鏡蛇、雨傘節、臭青公、南蛇、龜殼花、過山刀……。

石虎

天色漸漸的昏黃，我挑著一擔野草，快步地循山丘的小路下來，身後跟著我那比我自己的影子還黏我的五歲堂弟，寂靜無聲地緊追在後，這年我剛滿十歲。

下午的一場雷雨，使我們被困在柑園的茶亭，我是到那附近的山上去割野草，以補家中水牛草料的不足。比起其他的農事來說，割野草和放牛是我較喜歡的工作，因為工作不那樣費力，活動範圍也較大，而且常常可以順利採到野芭樂、刺莓等野果實，甚至找到鳥蛋、雞肉絲姑……。

薄暮時分，我們已接近家後那條小溪，這時我才放慢了腳步。突然那野草夾徑的小路前方，迎面出現兩隻大貓，一前一後，慢慢朝坡上行來。

我輕輕停下腳步，靜靜瞧著這兩頭長得一模一樣的貓兒。牠們比一般的家貓要大了許多，我直覺得牠們不是普通的貓，牠們的身軀瘦長，身上隱約有豹的斑紋，走路的姿態比貓威風有勁，全身有一種優美韻律的波動。

走在前頭那一隻比後頭的大了一點，牠走一小段就停下來瞧瞧路兩邊，兩個耳朵也分朝左右轉來轉去，但牠卻沒有發現路前頭兩個寂然不動的孩子，正目不轉睛地盯著牠的一舉一動。

當牠接近到離我不過三、四公尺時，牠似乎覺得有些不對勁了，牠停下步，舉頭朝前嗅嗅，突然我和牠四目相對了。

我覺得牠的眼睛似乎逐漸變大變大……，牠眼中有一種奇怪的力量緊緊吸我的眼光，我感受到牠眼神中散發著狂野的生命力，但我並沒有懼畏，因為我和牠似乎都感到彼此並無敵意。

我們在黃昏的狹路上相互瞧著，時間好似停了下來，大地又如此闃寂無聲，萬物文風不動。

漸漸的，牠退了幾步，擠入路旁的草縫，後面那頭也隨之而去，只見幾叢高草輕搖幾下，大地復歸寂然，牠們友善地讓出小路。

祖父說，這是石虎，並吩咐家人把家禽、小家畜關好，免得被石虎吃掉。

後來鄰居有幾隻雞和一隻鴨子被石虎叼走了，鄰人還請了獵人來對付石虎。令我高興的是獵人始終沒有逮到石虎，大約到了秋天，石虎就再沒出現過。

往後的幾年中，偶爾聽說有人再見到石虎，但這十幾二十年來，就再沒有石虎的消息了。

與石虎一起在我家那一帶失落消息的哺乳類尚有水獺、食蟹獴、鼬獾，以及穿山甲。

蓋斑鬥魚

一個星期六下午，我和幾個童伴到天主教堂去聽法國神父布道，我們對宗教毫無興趣，只是被會後的糖果以及郵票所吸引。

那天郵票不夠分配，神父要多給我一些糖果補救，我要求神父把那個裝糖果的廣口大玻璃罐給我，我想用它來養魚，因為有一次我把一條大肚魚放在酒瓶裡，發現牠漂亮極了。

我在廣口罐裡養了大肚魚、蝦子、溪哥，但總是隔了一天就死了，父親告訴我，養三斑最適合了，既漂亮又不會死掉。三斑就是蓋斑鬥魚，又稱臺灣鬥魚，客家人稱之塘埤辣。

我們這些鄉下孩子對三斑都很熟悉，在沼塘裡撈魚時，偶爾會撈到牠們。牠們體軀太小了，不值一吃，總把牠丟回水裡，但牠是我們公認最漂亮的魚了。

為了抓鬥魚，我帶了竹製的畚箕，在一群村童的簇擁下，來到頭前溪旁，這裡有許多沼澤，被附近的農人利用來種茭白筍，水深不過及膝，水草豐茂，正是三斑最多的地方。

我們在沼澤上找尋有小泡沫聚集成堆的地方，因為我知道那泡沫正是鬥魚的巢，只要用畚箕由水下往上一撈，就可以撈到。

這天我撈獲兩條色彩斑爛、尾鰭優長的三斑，看著牠們被玻璃放大的美麗樣子，村童一個下午都圍著小魚缸不肯離去。

第二天早上，我發現一條鬥魚死了，牠遍體鱗傷，我百思不得其解，祖父說是被另一條撞死的，因為兩條公的就會相互打鬥。

後來我又捕獲一條尾鰭短一點的，牠們相安無事，而村童們分工找尋各種小蟲來餵養。兩條美麗的鬥魚，陪我們度過了一個快樂的暑假，直到快開學時，一天因為村童爭著換水，把玻璃罐打破為止。

當我們把兩條養得肥肥的三斑送回沼澤時，頑童們還特別舉行了一個告別儀式：大家站在岸上，向那不再怕人而緩緩游去的小魚鞠躬道別。就像學校放學時向老師敬禮說再見一樣。

幾年前，我想拍一張鬥魚的照片來介紹給現代的兒童認識鄉土的動物，我又來到頭前溪，那昔日美麗的沼澤，現在成了堆積如山的沙石廠，原本清澈幽美的頭前溪，在怪手的挖掘下，成了千瘡百孔的惡地，濁黃的溪水像膿一般積在被深挖的坑裡……。

問了父親，問了村人，他們也都好多年沒見過三斑了，紛紛搖搖頭說：

「牠們哪裡去了？……」

隨蓋斑鬥魚一起在我們上山村沼澤消逝的魚有大肚魚、土鯽魚、七星鱧魚（閩南人稱之鮎鮘，客家人喚之秧公）、羅漢魚、溪哥等……。

泥鰍與塘蝨

傾盆而下的雷雨，使家旁那條灌溉的引水溝溢水了，滿出的水漫過門前的小空地，流向另一側的水田裡。

我和堂弟們蹲在門檻邊，目不轉睛地看著流過門前淺淺的流水，其中一條條半露身子的泥鰍，順著慢慢流動的溢水，奮力地扭動著圓滑的身子往前游。

「一、二、三、四……十……二十……五十……一百……」，我們傾俯著身子，數著游過門前的泥鰍，手腳已經癢得快按捺不住了。並不是擔心雨水弄溼衣服，而是祖母在身後監視著我們這幾個蠢蠢欲動的頑童，只有偶爾一條混在泥鰍行列中身子特別大的塘蝨（土蝨），我們才會在互相掩護下竄出一人去捕捉，至於泥鰍，還不值得我們付出挨罵的代價，因為泥鰍只用來餵養鴨子……。

八月初，稻子剛插下不久，田水無遮掩地終日曝曬在炎陽下，水溫逐日升高，孩子們都知道：煎鰍日就到了。

每天早上醒來，我們總會先到水田瞄一眼，直到一天見到水田裡浮滿了無數翻了白肚的泥鰍，把整個水面都鋪滿了，空氣中含著一股魚腥味，這些泥鰍全被炙熱的田水燙死的，這一天就是煎鰍日。

我們撈回一簍的泥鰍，餵雞鴨、養大豬。雖然一次死了這麼多的泥鰍，多少讓我們覺得可惜，但我知道，溝裡、塘裡還有更多的泥鰍，只是那淒慘的情景，令我至今印象猶深。

在我家附近出沒的魚中，塘蝨最令我難以忘懷，牠那尖硬的鰭刺扎在手上的疼痛，村童們永遠不會忘記，何況扎我的塘蝨是公認最大的一條……。在我家水田的尾端，有一道低陷的溝形沼澤，雖然面積不很大，水深卻沒人。這裡是我和堂兄弟較愛來垂釣的地方，因為常有意想不到的大魚上鉤，像鯉魚、鯽魚、鱧魚等。

十一歲那年的暑假，有一個黃昏，我獨自在這裡釣起一條大塘蝨，一條我從未見過那樣粗大的塘蝨，我不會忘記釣竿彎得像新月的樣子。可是在離岸一尺之距時，大力掙扎的塘蝨扯斷了魚線而落回水裡。

我把此事告知堂兄，他們都說我吹牛，大人也笑著說：「逃掉那條魚總是最大！」只有來我們家幫工的阿真伯相信我，他說：「那個潭是可能有這樣大的塘蝨。」這才稍稍解了一點被嘲的圍。

之後，我更加時常去那沼潭釣魚，希望能釣獲那條大塘蝨，好挽回顏面，可是雖有不少魚上鉤，就是沒有那條大塘蝨。

那年夏天非常乾旱，到了八月中，農人已經為了灌溉水而發生許多糾紛，祖父為了救稻子，從鎮上租來抽水機，把沼潭的水抽到田裡灌溉。

大約十天左右，沼潭的水就差不多見底了，我們在深陷的泥水中撈捕了兩大竹簍的各種魚兒，唯獨沒有抓到我所說的大塘蝨，嘲笑我的聲音又再次響起，而我則是臉紅耳赤，百口莫辯。

第二天一早，我又回到了沼潭邊，我深信大塘蝨仍然躲在那裡。果然，我看見那條棕色的大塘蝨，在泥水中輕輕擺動著尾鰭，攪起了一浪一浪的黃泥水。

我急忙脫下褲子，激動地跳入泥水及腹的沼澤裡，那條塘蝨卻一曲身一擺尾，鑽進岸邊垂入水中的長草下，我快速地半爬著追上去，翻開長草，發現水下有一個土洞，原來牠昨天就躲在裡頭而躲過了捕撈。

空手捕捉大塘蝨並不容易，尤其是洞裡的塘蝨；牠力量大，全身滑溜，而鰓兩側的鰭刺又尖又硬，牠時常猛力甩頭以鰭刺來扎傷敵人。牠刺上的粘液，可以使傷口疼痛增劇。但村童都很有經驗，尤其是我，以徒手抓魚而出名，村人都說我的手是斷掌，天生會捉魚。但我不相信這話，抓魚跟手關係不大，可全憑腦筋（方法）。

我的右手慢慢從泥水間伸入洞中，用指頭輕輕地感覺洞裡的狀況，同時探知大塘蝨的位置。我非常小心又輕柔地摸索著，這樣的洞有時會藏有遊蛇、水蛇，甚至鱸鰻，這些都是會咬人的傢伙，但是輕緩的碰觸，牠們不會反應過度而咬人。

我的手指先碰觸到兩條較小的塘蝨，一條七星鱧（鮎鮘），但我都沒有驚動牠們。最後我終於在洞的盡頭觸到了那條比我手臂還粗一點的大塘蝨。

我得先摸到牠的大扁頭，才能避開牠厲害的鰭刺而下手抓牠。我的手指極端輕微地沿牠背鰭朝頭輕輕摸去，這樣牠左右甩頭時就不會刺到我的手指。最後我總算摸到了牠那朝內的大頭，我得讓牠的頭朝外，才方便下手。

我用手輕緩地推推牠的身子，好讓牠調頭。果然牠慢慢轉身，我心中正竊喜著，牠卻突然奮力地甩動起來，整個洞發出隆隆巨響，我即刻抽手，但說時遲那時快，我的中指被牠刺中了，就像觸電，或被黃蜂螫到似的，一陣劇痛從中指傳來，疼得我冷汗直冒，淚水也湧了出來。

我把鮮血染紅的指頭用泥水洗了一洗，趕緊把它放入口中吸吮傷口，把傷口的塘蝨粘液吸掉，可以減低疼痛。

幾分鐘後，我咬緊牙關，重新將手伸入洞裡。比起被童伴嘲笑所受的傷，這指頭的傷就不算什麼。

經過一番奮鬥，我終於四指在上，拇指在下扣住了牠的扁頭，把大塘蝨拖出洞來。

出水時，牠身體拚命掙扎而濺起的泥漿，沾了我滿臉，就這樣，我生平、甚至我那村莊的人所見過最大的一條塘蝨，終於進入我的魚簍，我失落的釣鉤依然掛在牠的闊嘴邊。

那滿足、得意的滋味，村童羨慕讚佩的眼神，以及手指上的疼痛，想來猶如昨日，可是塘蝨已經絕響了，與牠一起自我祖父那塊田地附近同時消失的有：泥鰍、黃鱔、白鰻、蚌、蛤、田螺……等。

螢火蟲

穿過夏夜田野的清風，好似涼水一般輕輕流動。幽黯的大地到處點點螢光閃爍，與天上無數的星光相互輝映。我和堂弟們正在牛車路上捕抓螢火蟲，然後把牠們放入透明的酒瓶裡。

等到螢火蟲越聚越多，酒瓶也愈來愈亮，我們就拿出學校的課本，攤在燈下試試能否用它來閱讀，證明了囊螢夜讀的故事。

流螢滿天的夜晚，我們常常順著牛車路散步到土地廟，有時會遇見村裡來這裡約會的青年和姑娘，這時我們這些頑童，就會高聲合念一首跟螢火蟲、跟談情說愛有關的童謠。

螢火蟲，
星星蟲，
桃子樹下掛燈籠；
三月飛到西，
四月飛到東，
桃花樹下找老公；
五月雨，
六月風，
桃子結來大又紅；
七月提親，
八月訂婚，
九月急急送過門。

如今矮小的土地廟已改建成大土地廟，可是田野裡卻沒有了閃閃飛行的流螢，村童不來，姑娘也不知到何處去會情郎。

去年夏天，一位都市的朋友帶著孩子到九芎林來看螢火蟲。那天晚上，我們在新鋪柏油的牛車路上找尋，久久不見一隻螢火蟲，後來走近溪邊，終於飛來一隻，他們全家大小興奮地一湧而上，結果全掉到溪裡……。

牠們哪裡去了？

我家附近這麼多的野生動物，給了我多采多姿的童年，可是這些眾多可愛的生物，卻在短短的十幾二十年間，活生生地、悄悄地消失了。

不久前，我在那座新建越過小溪的橋上，遇見一個十歲左右的學童，問起原本在那附近常見的動物時，他竟沒見過幾種。當我告訴他，他的父親和我曾在那裡接觸過多少種野生動物時，他半信半疑地問我：「牠們都到哪裡去了？」我一時竟回答不出來……。

——原載八十二年二月二十八日～三月一日《聯合報》

編者注

徐仁修的〈牠們哪裡去了？〉一文，懷念「二十年來在我家附近消失的動物」，也懷念他在歲月中消失的童年。全文綜合了報導文學的形式、生態保育意識，與散文生動敘事的特色，因此，是一篇多面向的散文作品，經得起我們多重角度的閱讀。

全文原長萬餘字，作者所記錄、報導的昆蟲、動物種類計有老鷹、蛇、毛蟹、三角仔、石虎、田鷄、樹蟾、金線蛙、香魚、蓋斑鬥魚、泥鰍與塘蝨、螢火蟲等十三種。每一種動物與昆蟲的敘述，都是一段淳樸鄉情與農村生活的顯影、一則充滿田園野趣的回憶，但也都是一句沉重的嘆息，與一聲聲憂心忡忡的環保呼籲。

透過徐仁修如此寫實、感性的追蹤觀察與記錄，居住在此美麗富裕之島上的我們，實無法不驚訝於我們對自然生態環境的破壞，竟已至如此令人汗顏，與令人怵目驚心的地步。

徐仁修先生是一位有心人，多年來從事自然生態環境的攝影、報導工作，對記錄本土生態消長與野生動物環境變化，有很大的貢獻。而其以擁抱家園的熱情，和傳布生態保育觀念的使命感，寫下如此的篇章，格外值得我們注意。

——「牠們都到哪裡去了？」固是一句慚愧的自問，但同時也是一記，啊，何等沉痛的警鐘！

輯二

對淵博友，如讀異書；
對風雅友，如讀名人詩文；
對謹飭友，如讀聖賢經傳；
對滑稽友，如閱傳奇小說。

酒的實驗

如果拿酒來研究友情，不知會分析出什麼？

／張幼芳

作者簡介

一九七四年生於臺北，臺灣雲林人。嚮往大自然、好冥想、愛聽電影原聲帶，並喜歡朱天心、金庸大俠和蔡琴。熱愛寫作，自認為十幾年的生命實在無足稱述起，只有在文學領域裡，一切才變得與眾不同起來。

如果拿酒來研究友情，不知會分析出什麼？腦中小小的研究室突然忙碌運作起來，我提起筆寫下實驗記錄。

成色

很特別，有的深紅有的淺黃有的嫩綠有的粉藍；有的閃著霓虹燈的喧譁，有的蕩著血腥的笑，有的流露智慧的光采，有的含蘊真摯的溫馨；有的揚著初釀的喜悅，有的沉澱出年分的樸實無華——醇厚已展現出最標準的顏色。還有走馬燈流轉的夢幻和一層一層沉澱比重的現實。有一種好濃好濃，甜得沁出血來，是劍的顏色。

溫度

很複雜，有的是一下子沸騰，熱情地擁抱！激盪成水氣後便朦朧著各自淡了，慢慢地沒了。不然便是悶燒到最後終於爆炸，犧牲得很壯烈。也有的忽冷忽熱，計算上有好大的誤差；有的卻是隨時間的正比攀升，暖暖地烘著。更有一種，長久靜靜地在那裡，隨室內的氣溫起伏著，沒有忽然的驟升與下降，而酒面竟會揚起一朵會心的漣漪。

變質

溫度和成色的激盪往往讓酒變質得快，一個溫度的誤會或顏色的錯綜就會使酒不知不覺改變。有的分化成仇恨，有的合併成兄弟姊妹，更有回溯到戀父戀母的情結。或經歷了更大的突破，義無反顧戀愛起來。

後續力

有的需要朝夕地飲啜才能記住酒的味道，有的是在戒了三兩年之後，乘今晚的月光很好倒出了所有的後續，回憶到今天才發作。有的很了不起，看上一眼，也許還喝了一小口，死後還會在人間繼續散揚它的芳香。飲後無聲無息的也有，酒淡成最永恆的一種心境。

作用

你是一夜狂歡的點綴，事後就忘了；還是掛在天上的月光清清朗朗，常常可以來吟誦？有的作用根本只是矯情，故作熟稔卻沒擺進一點真心；有的甚至是假酒，把人糟蹋得狼狽。最慘的是毒酒，無路可逃的致命。

真的酒卻是喚醒生命，能提振你靈魂，又緩和了你的情緒，和酒餘韻不絕地談天，聊出了很多珠璣倒影；正品的酒永遠帶著沉醉後的清醒，永遠有一種慷慨正氣和樸質的活力。

深廣度

有的酒含蓄得很深，有的酒披澤得很廣，不管是深是廣，都有賴自己的再創造和再延伸；豪放處可以四海之內皆兄弟，沉靜處也可以相看兩不厭，青山和我都很嫵媚。把酒論交的江湖知己總不厭重複地乾杯淡水。

——原載八十一年九月五日《聯合報》

編者注

清初小品文家張潮在《幽夢影》一書中，曾以朋友與書聯想，而寫下如是的句子：

「對淵博友，如讀異書；對風雅友，如讀名人詩文；對謹飭友，如讀聖賢經傳；對滑稽友，如閱傳奇小說。」

而在〈酒的實驗〉一文裡，張幼芳則是以酒與友情聯想，寫下如此奇思妙想的篇章。

現就讀於中山女中的張幼芳，論理，酒，應該是離她的世界很遠的，但我們這位不擬畫地自限的作者，卻以實驗的心情，抓住酒的特質，諸如：成色、溫度、後續力、酒精作用等，來透視、描繪友情的多樣性，幾乎友情的每一個面相都照顧到了。而如此豐富的內容，卻僅收納在千字左右的篇章裡，其文字乾淨、節奏明快、全無廢辭冗語之特色，可想而知。

可以說，張幼芳〈酒的實驗〉，也是一次文字的實驗、意象的實驗。在此實驗全程中，我們穿越詩意的語言，秀異的聯想，不僅重新品味一盅名喚友情的酒，同時，也看見一位新秀的誕生。

無限多解

其實我是極愛她的，有時也極恨她。
愛與恨總是相伴而來。

／林佳祺

作者簡介

曾獲得多次校內文學獎及作文比賽優勝。創作態度嚴謹，其創作觀為——在思緒尚未整理清楚、或對事物之觀察尚欠周詳之前即寫成文章，乃不負責之事。所以大部分的時間都用於思考和觀察，希望自己能擁有敏銳的感受力。

方程式

一個直線方程式，在平面上會有幾組解？

兩個人相遇，會有什麼樣的結局？如果說上蒼注定，我們要在同一平面上相遇，那麼結局控制在誰的手上？

十七年，我的平面與許多人的重疊交錯，是一種疼痛的喜悅。雖說從來不曾遇見另一和我完全相同的方程式，然而僅是這些，就已帶給我說不盡的故事和最深刻的感情。

就是如此吧？每個人以自己的方式存在，等待命定的交錯。

我不是宿命論者，只是相信緣分。這樣大的世界，偏巧讓我遇見你，不該只是巧合，對不對？

惟一解

「朋友」要怎麼拼？

F、R、I、E、N、D。

這是我和小白的第一次對話。她是一名美麗而倔強的女孩，身邊總有數不清的追求者。小白的成績十分優秀，個性則很隨和，因此在她和我交會的時刻裡，我總扮演著紅花旁的綠葉。

我不在乎。其實我是極愛她的，有時也極恨她。愛與恨總是相伴而來，或許在別人眼中，我幾乎形同她的附屬品，然而我明白，只有我，才是她真正能講心事的朋友。

升上高中之後，我們又各自擁有一群朋友，在一起的時間減少許多。我卸下綠葉的角色，開始扮演一棵獨立的樹。原先以為已不再需要彼此，卻到最後才發現原來是無法割捨的，我和她之間惟有一解——永遠在一起。

她在國曆二月十四日送我玫瑰，我在農曆七月七日送她巧克力。

無解

朋友之間也會無解嗎？或許你問。

讓我說一個故事吧：關於一個喚做玉芳的女孩。

和她認識，約有五年了。自從我們變成筆友以來，兩個人就一直斷斷續續地通信。這其間，我們由國小六年級的黃毛小丫頭變成亭亭玉立的國中女生，兩個女孩的成長心事，一路記錄下來。對彼此的了解不可說不深，可是，兩個相似的方程式，不是重合就是平行，而我們屬於後者。

一直約定不要寄照片給對方，如此在見面時才會有新奇感。常常翻閱我們以前的信，幼稚而拙劣的字跡隨著成長而改變，從「隔壁班的臭男生」到「初戀情人」，從看《小叮噹》到《少年維特之煩惱》，她的字越見娟秀，而我的字卻拙劣依舊。

考上高中後的那個暑假，約好了要見面。八月二十日兼程北上，想不到竟然只來得及參加她的葬禮。

先天性心臟病——一直沒人知道。

我們的信，全在她的靈前焚去，我只留下了影本。

或許這個故事不容易相信，卻是真的。

和玉芳，永遠是無解的平行線。

無限多解

一直在找尋這麼一個人，能和我有一樣的方程式，兩條直線重合，有無限多組解。

後來還是放棄了，畢竟世上那有兩個完全相同的影子？而且兩個完全相同的人在一起，不是滿可怕的嗎？沒有屬於自己的心事和祕密，被對方看得一清二楚。

朋友之間即是如此，要為自己、為對方預留一方空間，不必要求完全的相似，沒有人有權利去改變對方，只有等待對方自然地改變，進而能夠寬恕、包容、體諒。

至於我，一直認真地對待朋友，珍惜每一次的交會和相遇，在不同的平面上，認識不同的朋友。

——原載八十一年九月五日《聯合報》

編者注

林佳祺的〈無限多解〉和張幼芳的〈酒的實驗〉，都是師大人文中心所辦「八十一年高中生文藝創作研習營」中最優秀的結業作，由該中心主任楊昌年教授推薦至聯合副刊發表。

兩文主題相同，各具特色，對友情亦各有獨到的創見與體會。不同的是，張幼芳以具體的實物「酒」，為友情顯影；林佳祺則以較抽象的「方程式」進行解析。

〈無限多解〉全文共分四個小單元，就內容性質來看，恰符合起、承、轉、合的「文章結構學」。而「無限多解」，既是文章的題目，又是全文推演之後的結論，不僅餘音裊裊，義涵豐富，同時也暗示了人間友誼發展與變化的無限可能。

若「方程式」與「無限多解」二小節算是緒論或綜論，那麼「惟一解」與「無解」便算是專論或特寫了。尤其「無解」一節，具備了極短篇的質素，作者以散文之筆寫來，仍不失其傳奇性，而正因為故事是真實的，格外令人讀來嘆息！於是，就在敘事與邏輯推演中，作者完成了她精采的友誼論證。

放風箏

這些日子以來，失去的豈只是父親？
我甚而失去了整個家的溫暖。

／林宛瑩

作者簡介

一九七〇年生於馬來西亞。由於熱愛中國文學，故選擇自僑居地返臺就學。對寫作具濃厚興趣，作品散見報章雜誌。

偶爾看見天空有風箏在翱翔，總忍不住沿著風箏的線尋找另一端握線的手。常常我會看到，草原上有一對一對的父子，在互相追逐著，一起放風箏。多麼溫馨的畫面，多麼快樂的家庭，就不禁使我想起小時候的自己。

放風箏有一定的季節，尤其在開春的時候，蔚藍的天，風強而有勁，不斷地吹，最好放風箏。父親是個喜歡放風箏的人，每到了這個季節，他總會準備各式各樣的風箏，把上一季的心情和歡樂掛在臉上，然後帶我到離家不遠的一座小丘上去放風箏。他常說山上風大又無旁物，風箏可以無阻地飛翔，我們也可以放心地在草原上奔馳。

那時候，父親近乎每個假日都會帶我登上那座小丘去放風箏。至於我，其實對於放風箏並無甚興趣，而且常常到小山丘放風箏的都是男孩子，甚少可以看見有女孩子來放風箏的。

況且我又不懂控制，風箏每每到了我的手，總會失去平衡地落下，所以也只有跟在父親後面跑的份兒。雖然並不喜歡放風箏，但每當看見父親正準備風箏，總還是會興高采烈地被帶到小丘上。那時候的小小心靈裡已經開始懂得為父親的寂寞著想，常常希望自己是個男孩子，那樣就可以盡情地陪他釣魚、打球、放風箏、打獵，可以盡情地陪他做一切男孩子可以做的事了。但是希望總歸是希望，我終究是個女孩子，而且還是個獨生女，上無兄姐，下無弟妹，陪父親的任務自然落在我身上了。

然而，放風箏其實是件頗有情趣的事，手牽著一條線，看風箏平穩地冉冉上升，彷彿自己也跟著風箏飛起了，俯瞰塵寰，怡然自得，也像是圓了自己想飛而不可得的夢。春天的午後，看著天空飄著各式各樣的風箏，尤其當風箏進入罡風境界，可以把線拴在樹幹上，和父親安詳地躺在草原上，欣賞著風箏的飛姿時，更會有一種與天地結合的感覺。以線連續著天地兩端，便彷彿連繫了天地萬物，一種土地之戀和天空之戀便由一條線而顯得更依依不捨了。

猶記得那時，父親常對我傳授一些祕訣，只是那時候，由於沒興趣，也沒專心在聽，只是唯唯諾諾，含糊地點頭假裝知道，就敷衍過去了，所以至今對放風箏，依然生疏，沒有什麼方法與技巧。只微微記取了父親常強調的關鍵，是在放線鬆弛之間的控制要得宜，當風太勁，風箏陡然左右搖晃，或落到視線所不能及之處，千萬不要慌，小心的把線一鬆一弛，便可以挽救起來。父親還常常藉放風箏的哲理教導我，凡事不宜操之過急，就像放風箏一樣，放鬆一步，往往可以化險為夷，這句話卻是一直牢記在我心裡的。

但是，這些年來，我是不曾去放風箏的，沒有同友伴去，更沒有獨自去。

自從父親把興致轉移到酒以後，便不再對其他事情感興趣了。除了酒，他的世界還是酒，而酒似乎把他的人生哲理給淹沒了。

如今，在眼裡的父親和在記憶裡的父親，是判若兩人。去夏回家度假時，特地從遙遠的他鄉給他帶了一個別具特色的風箏，總希望能喚起他的回憶，陪他再到小丘上去放風箏，重溫昔時夢，然而，他卻無動於衷，依然故我地與醉翁相約，無視於我的心意。

那一次回家，心是更冷了。

父親長期地酗酒，不只把自己的身體弄壞了，同時也把原來溫馨的家庭罩上了一層陰影。記憶中，那個一手牽著我，一手牽著風箏，在草原上奔跑的背影，已經隨風而逝，顯得湮遠而遙不可及了。

春去秋來，父親卻一季比一季蒼老，從健壯的體魄萎縮成名副其實的骨瘦如柴，教人看了不免心痛。其實，這些日子以來失去的豈只是父親，我甚而失去了整個家的溫暖。是酒，把父親帶得越走越遠。是酒，把我的家弄得破碎不堪。是酒，把一切都帶走了，就像風箏讓風吹著走一樣。可是，風箏需要一雙手來控制，而父親，你卻是自己生命的掌舵人啊！

難道你已經忘了你曾經那樣認真地教我，要把握人生，控制人生嗎？如今，我已是堂堂的一個大學生了，而你，為何又不懂得珍惜自己？為何又甘於像風箏一樣成為風的傀儡呢？一次又一次地，我勸你把酒戒掉，你卻一次又一次地變本加厲。事到如今，你已痼疾纏身，連理想也被酒精給吞蝕了，你叫我如何不傷心呢？

又是起風的時候，又是放風箏的季節。心中知道再也沒機會和父親一起放風箏了，忽然很懷念那段日子。也許父親已經忘了，也許他只是不敢記起，但是我會永遠記得，尤其是父親藉風箏來教我的人生哲學，永遠都記得。

——八十二年成大鳳凰樹文學獎得獎作品

編者注

「偶爾看見天空有風箏在翱翔，總忍不住沿著風箏的線尋找另一端握線的手。……」

——〈放風箏〉一文，作者以如是的「線索」起頭，逐漸導引讀者進入她內心一個溫柔又疼痛的世界。風箏的線索，其實也就是回憶的線索、情感的線索，沿著這有形無形的長線，向高遠處漫溯，線的彼端，永遠是作者記憶中既慈祥又積極振作的父親。

以昔日之積極振作、充滿活力，來對照今天的消極頹唐、沉迷於酒精，自是往事不堪回首！因此〈放風箏〉一文，雖有一溫馨開場，但文章重點卻不在追憶、重溫往日種種，而是在惋嘆父親如今的迷失、沉淪。

這其中有人子的淒楚無奈，嚎啕傷痛已化為低泣沉吟。尤其作者婉語叩問父親「為何不懂得珍惜自己？為何又甘於像風箏一樣成為風的傀儡呢？」時，字字苦澀，至此，風箏實已成為作者心中一個情感的記號，一個永遠的甜蜜與疼痛。

〈放風箏〉是八十二年成大鳳凰樹文學獎散文類得獎作品。雖然篇幅短小，但蘊藉深厚，由風箏寫至人倫親情與心中偶像的失落，含蓄自抑，小中亦自有其天地也。

布拉格之犬

／王信

被狼狗撲醒，是嶄新的起床方式。
狼狗不斷地撲上來，
旁邊兩名警察卻只是帶著笑容看著，
彷彿這場人犬之戰非常有趣。

作者簡介

一九七二年生，山東濰縣人。熱愛旅行與創作，曾獲全國學生文學獎。他認為寫作可使人真誠深刻地生活。

抵達布拉格車站時，天色剛暗，走下火車，心頭充滿興奮之情：這個產生卡夫卡和米蘭昆德拉的地方，會是怎樣一幅光景？

記得一位友善的奧地利女孩告訴我，布拉格車站非常老實，食物比外頭還便宜，而且巡警很多，晚上不用擔心小偷。飽餐了一頓美味可口的比薩後，決定今晚在這車站露宿。

根據以往的經驗，如果完全不懂當地語言，不是寸步難行便是非常無趣，趁著車站攤販還在，趕緊買一本英捷對照的字典，晚上可以快攻一下。

車站的書攤不大，賣一些報紙、雜誌和字典。看守書攤的是一位老婆婆和一位約莫二十歲的大男孩，男孩可能是婆婆的孫子，正勤快地把書攤上的書收回紙箱裡。

我向那捷克大男孩買了字典，他似乎極力想多告訴我有關布拉格的一切，但他的英文實在不行，我們完全無法溝通，我只得不斷地道謝。人與人之間，不能溝通時，就只有基本的善意或惡意了。

天色尚未全暗，我把行李鎖在櫃子裡，走出車站，大略逛一下布拉格城。

不愧是中世紀歐洲的文化中心，布拉格比其他歐洲名城更像一件藝術品。我走在這件精美藝術品的表面，回想關於波希米亞的種種：因為以前人們相信吉普賽人源自波希米亞（事實上應是印度或埃及），所以波希米亞總給人隨隨便便的感覺，甚至於是道德上的。

不知道是不是因為近世飽受動盪的關係，總覺得捷克人事實上是相當嚴肅的，嚴肅中帶著一股受到壓抑的藝術氣味，那種感覺，既不同於巴黎，也迥異於維也納。

想到足下古意盎然的青石板道，二十多年前曾有蘇俄的戰車輾過，熱血湧動的「布拉格之春」就在這裡發生。二十多年後，我來此地，只能聽到街上的年輕人哼著披頭歌曲了。

入夜以後，人漸漸變少，我回到車站行李櫃附近，將心愛的睡袋「旅行殺手」鋪在地上，「旅行殺手」是我替這美觀耐用的藍色睡袋取的名字，它伴我走了許多地方。

躺在「旅行殺手」上，一會兒眼皮便沉重起來，正矇矇矓矓之際，忽覺肩頭一陣疼痛，胸口似乎有沉重的壓迫感，急忙睜開雙眼，只見一隻嘴上套著鋼套的德國狼犬，盤踞在我的胸口，用嘴上鋼套不斷撞擊我的肩膀，稍遠處站著兩名神態輕浮的捷克警察，警棍套在手指上一晃一晃的。

被狼狗撲醒，是嶄新的起床方式，顯然可以治癒所有賴床患者。我一邊用手推開狼狗，一邊等著警察過來制止。狼狗不斷地撲上來，旁邊兩名警察卻只是帶著笑容看著，彷彿這場人犬之戰非常有趣。我推擋了一陣便無法忍受，一拳朝著狗頭擊去，拳力到處，狼狗發出一聲低嗚，仰天翻了個筋斗。警察這才收起笑容，走了過來。

在車站露宿遭到驅離，本不是什麼稀奇的事情，但如此的驅離方式，還是第一次遇到。我抑制著怒氣，準備應付接下來的狀況。

兩名警察要求看我的護照，看完之後說了一些捷克話，我猜那是不准露宿車站的意思。

我一面用惡補來的捷克語反覆「旅館」、「關門」兩個字，一面比手畫腳說明，已經深夜一點，現在出火車站也找不到旅館了。

兩名警察很年輕，看來剛上任不久，稚氣未脫的臉上還留著大孩子的痕跡。狼狗怒氣沖沖地站在警察身旁，等待進一步的命令。

他們用捷克語討論了一會兒，用諒解的表情向我點了點頭，或許他們也想起少年時代的荒唐事吧。

我看見他們稚氣的臉時便已不再生氣，他們顯然不是要羞辱我，只是他們沒想到縱狗撲人會給予對方強烈的羞辱感罷了。如換作我是警察，是否能這樣理解地原諒別人呢？

兩名警察遠去之後，那頭狼狗還頻頻回頭，很不甘心的樣子。我向狼狗眨了眨眼睛，重新躺下，但心中思潮起伏，無法成眠。

白天在街上交錯而過的年輕人，與夜晚執法的年輕警察，本質上究竟有什麼不同？我們穿上一種制服，執行不屬於自己的意志，藉此獲得保障的生活，就在許多人都違背自己意志的狀態下，建構出龐然的社會機制。那麼若能在冰冷的意志下保存一絲人性，只怕是我們僅能做出的努力吧。

就在我又要入睡時，一陣刺耳的鋒銳哨音把我驚醒，兩名穿著高級制服的中年警官快步走來，他們沒有牽著狼狗，腰際卻配有手槍。

我站起身來，正要開口說話，左邊那警官已經先舉起警棍，朝我虛揮了兩下，凶惡地指著手上的手錶，用標準的英語吆喝著「三分鐘、三分鐘」。

我轉頭要向右邊那警官解釋，想不到右邊那警官也是一臉不耐煩的表情，指著地上的睡袋，要我三分鐘之內離開，否則顯然要以武力驅離。

忽然之間我完全不想說話，就像車子開進死巷必定會快快地回轉。要一位多年的護士傾聽病人喋喋不休的故事，恐怕是過分的要求。我蹲下低頭折疊睡袋，夜裡沒戴眼鏡，只覺得兩位警官的黑皮鞋閃閃發亮。

背起睡袋和隨身的背包，緩緩走出車站，身上只穿著一件短T恤，夜裡的微風吹來一陣陣寒冷的味道，我試著多走些路使自己快樂起來。

背後龐然的布拉格車站挺立在夜裡，二位稚嫩的警員和二位警官同時在那棟建築活動，那二位警員必定受到警官的責備吧。多年以後，警員是不是也會升為警官呢？

「以後不要變成這樣才好」，想著想著，天已經漸漸地亮了。

——原載八十二年五月《明道文藝》

編者注

王信的〈布拉格之犬〉是第十一屆「全國學生文學獎」大專散文組的得獎作品。

這是一篇令人過目不忘的文章。

過目不忘，不只是因為作者在文中敘述了一段非常特殊的旅行經驗，也因為他在事件中所流露的從容自信、不卑不亢的器度，實為「英雄出少年」一語做了最佳的詮釋。文學獎評審張曉風女士為文撰述評審印象時，便曾特別提及〈布拉格之犬〉，並說：

「五千年來，這大概是第一篇散文記錄一個中國少年露宿布拉格車站的事吧！」

文中，布拉格之犬固指受命攻擊作者的德國狼犬，但又何嘗不是暗喻以非人性作法強制驅離異國少年的警官？以及所有「穿上一種制服，執行不屬於自己的意志」的制度人？在這樣的引喻、思考、理解、同情乃至惋惜的錯綜情緒下，〈布拉克之犬〉遂於簡單的事件敘述之外，而被賦以深刻的涵義。

全文描述單一事件，緊湊有力，文字生動簡潔，「學生文學獎」評審余光中、朱炎先生、張曉風女士均給予極高評價。謹依次將評語引錄於後，以供參考——

余光中：寫車站一景，冷靜、穩健、清晰，有上佳翻譯小說的風格。以退為進，低調處理不愉快甚至恐怖的事件，是難能可貴的手法。

朱炎：精練的語言，成熟的體察，特別的經驗，表現出一位上好中國青年的胸懷和氣度。

張曉風：事情很小，文章很短，格局又絕不想擴大，這樣的文章也能得獎嗎？能，而且有很高的評價，是因為它雖小，卻真是一篇親切誠摯的好文章，其中有「理直氣和」以論天下事的條暢幽婉。

我和他的相遇

國旗歌唱完，我高興地揮動手上的小國旗，
卻看見身旁的唐婆婆眼眶紅紅——她哭了！

／鍾正道

作者簡介

一九七二年生，廣東五華人。曾獲全國學生文學獎、彰化社教館文藝節文藝獎及東吳大學雙溪現代文學獎。

相識

第一次看見她，我就確定——我戀愛了！

泛著粉嫩的雙頰，以大聲嚷嚷的方式來到這裡，我敞開纖小的手臂，正準備迎接天地萬物的一切賦予時，她輕撥我的雙睫——睜眼，我看見了她。

她說，頭頂上那塊遼闊的叫天，往下看這片厚厚實實的是地；一個個黑髮黃膚在那邊走來跑去的是人；剛才生我，就是前幾分鐘我還在她身體裡的，那喚作母親……。

是怎麼樣的一種宗代傳承與命脈延續，還是我生而特有一種徵象或標記，她會認識我，開啟我生命裡的第一眼光？我又具有一種什麼樣的幸運，讓她溫溫柔柔地穿過我的瞳孔，投影在我的視網膜，給我紅通通的身體一次強烈的震撼，交予我一個富麗多變的世界？

她說，她的名字叫「光」，而我的名字，以及所有問題的答案，已在我靈動的身體裡。

之後，我戀愛了，因為我不能沒有她。

美麗的仰望

好久以前的一個山居夜晚，印象很深地，她又出現在我眼前，我看見她獨一無二的光。當夜幕升上，一切彷彿都靜了下來，唯有她，自東方的夜空燦亮起來，成為夜的主角。

那晚她分外動人，黃澄澄的一個大圓滿，完美無憾，自成格局，似以規繪成，不踰越也不虧虛，像眾星拱托滿心的驕傲，又如涼夜孤單欲墜的淚滴，後頭整個黑森森帶點寥落的天地，就是她獨唱的舞臺，閃爍的星辰是她的和聲，飄移的晚雲是她的舞群。她，是此時空的中心，受到期待眼睛的凝神仰望，享有歌詠詞頌的永恆喝采……。據說，她已唱了很久。

和人們一樣，我靜靜地看她，聽她。她的聲音很大，大得穿越廣漠，掠過江河，大得讓人以為天地是其轄管，大得讓一方已臨日出，一端才進深夜。在她輪型的外廓旁，有一抹黃暈，活像一名略帶滄桑的村婦蓋上頭紗，似看不清，卻又顯得明亮惹目。整片山林，是一幅黃色的透明水彩畫。

「婆，妳看那月亮！……」話未說完，婆的手倏地將我手按下。「小心她把你耳朵割下來！」

我笑婆的天真，看見她的眼裡有一種美麗的寧可相信。繁亂的城市燈火，容易教人忽視一切，處身在這樣一個寧謐空寂，沒有飛塵喧囂的中秋夜，我看見了月華，逕自照在松林間，小路上，以及這庸擾的空間。

累嗎？重嗎？她身後的夜空好像太沉了，以致聲音到後來力不從心，但仍具震撼。以後就再難看見這麼美的月光了。然而，對月的愛戀卻是自始未變的。喜歡她周而復始的圍繞，喜歡她就在我們舉目可見的天空，喜歡她黃瑩瑩的溫暖的光芒，也是因為——我和她穿了情侶裝吧！

抉擇

聯考過後，甚至現在，許多人總是對我張一雙驚愕的眼睛，給我一個毫無防備的訝異臉孔，大叫一聲——什麼？你第一志願填的是「中文系」？怎麼會？為什麼？

面對著眾人相同的表情，我總笑了笑說：興趣嘛！

背負高中三年沉重的升學壓力，選組的毫不猶豫，熬夜K書不睡覺的苦楚，還有一連串反反覆覆的考試，直到畫下志願卡，放榜——「中文系」，我的選擇，我心目中第一名的科系，又何止是單單「興趣」二字所能敷衍過去呢？

上了大學，我們再度相逢，這次她匿身於薄薄紙間，在整齊的字列裡張著明亮的大眼睛，正等著我們去捕捉那稍縱即逝的眼神。當目光一點，心靈一觸動，她便以千百倍的投射破紙而出，教我怎還能坐對整個心房裡狂湧的感動！

《說文解字》上說，「而」是象形字。——「而」是象形字？「而，須也。」（鬍鬚）。那上橫是鼻端吧？我想。那次豎是不是人中呢？次半圓莫非是表示嘴上的髭，那麼最下面的「⋂」該是嘴下的鬚了吧？哈哈！還有「安」是「从女在宀下」，原來女有家、男有室才能相安呀！……小小的形體，簡單的組合，精緻，深遠，中國人的智慧就展現在這裡。

還能說什麼呢？連一個小小的方塊字都是一錠美麗，一串沉思，覽看右軍筆勁中的皇皇氣象，咀嚼杜工部懷家繫國的哀愁，想孔子在川上「逝者如斯夫」的那一嘆，趕赴三千年前河州睢鳩第一聲關關的音響，或吟一首絕句，或誦一段佳文，天地悠悠，前後不見，有太多的剎那，點點的光熱與我們不期而遇，我愛啊！我愛那份揮灑在字裡行間傳承累積到太飽滿太豐盈而令人止不住泫泣的財產啊！

因此，有幸能與千百年前卓絕一世的中國文人心靈相遇的中文人啊！能站在浩如煙海的學術領域中執著於中國文學的中文人啊！能不能在抱著那本偌大的《說文解字注》時，不要將它遮掩起來倉皇走過；能不能將你的《中國文學史》或《聲類新編》大大方方地置於室友《經濟學》和《企業管理》的旁邊，因為在那被時代考驗過，與民族血脈交融過的冊頁裡，正綻放著不盡的光芒。

因為，那光芒會因你我而亮。

等你到天明

上阿里山玩，好像不去欣賞日出永遠是項罪過，尤其是別人都在十度的晨寒中興致勃勃地起床，自己仍耽於溫柔夢鄉的時候。

一夜都壓在被子下，要我頓時掀起熱呼呼的被窩，是件極不可能的事，但整個合唱團來到阿里山，大家不是說好要一邊看日出，一邊唱歌嗎？未明的夜裡，起床的念頭和繼續暖被窩的欲望一直在爭執，我企圖命令雙手一使勁丟開被子跳起來，無奈失敗了許多次，就這樣，阿里山上的凌晨是在欲興又寐，似起又睡的昏迷中度過的。

被我溫熱了一整個長夜的厚被忽然抽離我的身體——「起來啦！大家都準備好了，只有你還在睡！」

剎那間，全身的毛孔都悚了起來，阿里山上的冷空氣像冰水一般從八方潑灑在我每個細胞，教人不清醒也不行。

站在觀日臺上，感覺四下黑寂皆是埋伏，待前方山頭迸出第一道金光後，所有的黑簾後頭都是一片好風景。山上拂的風可真是突如其來，冷得無法設防，不過風裡除了刺人的冰寒和林木的芳香氣息外，也盪進了我們的歌聲——

塔里木河水在奔騰，
孤雁飛繞在天空，
黃昏中不見你的身影，
從黑夜等你到天明。
那羊兒睡在草中，
在山腳閃著孤燈，
從黑夜等你到天明。

這是一首新疆民謠，千里外的旋律摻在此地的風中，整個觀日臺上流動著一團和諧。

好好的感覺！大家唱著好遠的地方也唱著的歌，在這樣的山裡，這樣的夜裡，心中盡是相同的期盼，互愛的情誼，我也許不懂幸福是什麼，人生又是何樣，但能握住此時此刻，有這麼一份交融的感情，我就滿足了。真的就夠了！

驀然，美麗的光芒躍自天邊——太陽出來了！

她像一名小嬰兒，在眾人的歡呼下誕生，彷彿是驚醒她長久的睡夢，她放聲大哭，這哭聲叫醒了群峰，叫醒了碧樹，叫醒了尚在沉睡中的生命。我，被這麼一驚，感覺也像是天地間的嬰孩，出生在風雲裡。不知道為什麼，每看太陽升起，就會想哭。然而，輕快的歌依舊唱著——

阿拉木汗什麼樣？
身材不肥也不瘦。
阿拉木汗住在哪裡？
吐魯番西三百六。
……。

喂——喂——，

住在新疆的你們聽得見我們嘹亮的歌聲嗎？遙遠的那裡是不是也有一群人正在唱歌，守著自天邊的第一道金光？我知道，我們的歌聲渡不過江河，翻不過山嶽，但是我清楚，再過不久，這光芒也會自你們的地平線升上，照亮同樣這一大片遼闊的青天。在天地間，誰都不孤獨。

一場愛戀

每年這天，父親總在凌晨四時喚醒我們，等齊了全村的長輩，然後坐專車到總統府前廣場。下車後，太陽尚未露臉，星星也未散，整個天空都還籠在一片將盡的夜色中，然而廣場上早已滿是和我們同樣早起的人，將這裡站成一片鼎沸的人海。

好多人啊！發現每個人臉上都泛著一份熱切：我看見一個年輕人，手挽著另一個年輕人；看見一名中年男子，前頭推著一位殘障老婦；我看見容顏潤美的嬰孩，自在地躺在媽媽懷裡；也看見一大群制服整潔的軍人和學生，還有一些外國人。每年的這天，彷彿朝聖一般，大家都在這裡聚會。

天色漸明。典禮開始，國歌響起，接著升上國旗。黎明的風，吹得國旗在空中翻飛，目光齊聚，此時萬千眼睛裡都飄著旗，凝神看著她緩緩上了竿頂，又高又亮又美。

國旗歌唱完，我高興地揮動手上的小國旗，卻看見身旁的唐婆婆眼眶紅紅——她哭了！那滴又沉又飽的淚珠來不及拭，湧出後重重掉了地。婆婆七十五歲了，身軀略為痀瘻，眼睛卻炯炯清明，她直向她看，目光像是停留在一個遙遠的地方，像是一切事物的最終意義都在這面旗子上了。老人家的眼睛，總是這樣的，太過深沉，所以空虛，因為她正停留在一個遙遠的土地上，一個比我們用想像、用思念還更遙遠，更無法到達的土地上。

七十五年，這不算短的日子，她們一起成長，一起歷經民族的磨難，當年她們之間那份愛土地、愛和平、愛善良的信誓，如今在這幸福的土地上作了一次交會，教黑髮黃膚的我們望出熱淚了。

她高高地飄在這裡，背負著億萬生靈的夢想，她以她千鈞萬丈的氣勢，匯發出熊熊的光芒。這光，照亮這片土地上的錦繡山川與美麗事物；這光，也同時融在我們的血液中，作為我們生而即有、割捨不去的胎記；當我們和她相遇，她就無法抑制地從我們心底迸發，在一次又一次、一場又一場的交會裡，有人感動，有人執著，有人平凡篤守一生，有人締造不朽光榮，有人奉獻自己生命——那就是真愛！

因此我一直相信，這無悔的一生的、永不能失去的一場戀愛。

——原載八十二年五月《明道文藝》

編者注

鍾正道〈我和她的相遇〉一文，亦為第十一屆「全國學生文學獎」大專散文組的得獎之作。作者以組曲的形式、愉悅的心情，分別就他生命中五件最令他難忘、感動或印象深刻的事件與對象，進行由衷之禮讚。題目〈我和她的相遇〉中所說的「她」，便分別指這五件令作者感動、難忘與印象深刻的事件和對象。它們依次是：人世間的光、月亮、中國文化、日出與家國之愛。

作者文筆細膩，詞藻富麗，其取材乃至遣詞用字均流露出中文系學生所特有的氣息。而字裡行間處處湧動著歡愉、讚美、感恩的心情，則又堪稱一篇純淨的赤子告白。

文學獎評審余光中先生在評審意見中，稱許此文「主題充實而有力量，言之有物。」張曉風女士則認為「相遇是一番浪漫，其相逢相得之情，已自雋永深長。刻意強調『戀愛』字眼，反而有些聳動聽聞的斧鑿痕跡。」——可供參考。

國家圖書館出版品預行編目資料

坐看一彎采采流水／陳幸蕙主編．-- 二版．
臺北市：幼獅, 2018.12
面；　公分. --（散文館；35）
ISBN 978-986-449-122-3(平裝)

855　　107012640

・散文館035・

坐看一彎采采流水

主　　編＝陳幸蕙
出 版 者＝幼獅文化事業股份有限公司
發 行 人＝李鍾桂
總 經 理＝王華金
總 編 輯＝劉淑華
副總編輯＝林碧琪
編　　輯＝周雅娣
美術編輯＝呂家瑜
總 公 司＝10045臺北市重慶南路1段66-1號3樓
電　　話＝(02)2311-2832
傳　　真＝(02)2311-5368
郵政劃撥＝00033368

印 刷＝崇寶彩藝印刷股份有限公司
定 價＝250元
港 幣＝83元
二 版＝2018.12
書 號＝986285

幼獅樂讀網
http://www.youth.com.tw
e-mail：customer@youth.com.tw
幼獅購物網
http://shopping.youth.com.tw

行政院新聞局核准登記證局版臺業字第0143號